金の華、冥夜を祓《はら》う

花守幽鬼伝

青柳 朔

角川文庫
24621

目次

「ええ、もちろん。あなたのことは俺が守ります」
春雪華《しゅんせっか》
国を邪気から護る天花を育てられる花守。百花園に籠り、黙々と花を育てることを喜びとしていた。男嫌いもあって、あまり周囲と交流を持たないようにしている。
冬青雲《とうせいうん》
病弱な冬家長男に代わり祓鬼《ふっき》剣《けん》を扱う当主代理となる。本来冬家の色持ちは銀髪だが、青雲は灰色の髪に青灰色の瞳のため、周りから「灰混じり」と揶揄されることもある。
「幽鬼が見えない人々にとっては、ただ花を育てているだけの人間ですからね」
イラスト／SNC

夏珀凰《かはくおう》

志葵国の現皇帝。優しく柔らかい雰囲気だが、その実笑顔の裏が読めない人物。

秋皓月《しゅうこうげつ》

秋家の〝色持ち〟。優秀なため、若くして皇帝の秘書官を務めているらしい。

蒼玄鳥《そうげんちょう》

春家の分家である蒼家の嫡子。雪華の幼馴染。

蒼花梨《そうかりん》

玄鳥の妹。明るい性格だが暴走しがち。

蒼燕雀《そうえんじゃく》

雪華の母に仕えていた壮年の男性。

用語解説

志葵国（しきこく）

夏翔国が周辺の国を吸収し生まれた。夏家が皇帝を務め、花守の春家、叡智の秋家、武勲の冬家を最も信を置く臣下としている。

花守

邪気を祓い清め、死者を慰めるための花、天花を育てられる者。
春家では女性にのみ発現する“色持ち”がその力を持つ。

色持ち

黒髪黒目とは異なる色を持って生まれた者を指す言葉。
四季家では各家に正統な“色”がある。

金の華、冥夜を祓《はら》う

花守幽鬼伝

序章

青天が広がる秋の初め、丹桂《たんけい》や銀桂《ぎんけい》もぽつりぽつりと咲き始め、風が良い香りを運んでくるようになってきた。

ここは志葵国《しきこく》の都、蓬陽《ほうよう》。百花園は花が咲き乱れ、ちょうど赤い石蒜《せきさん》が盛りを迎えている。

「これは駄目、これも駄目そう……もうこれで何回目なの？」

重いため息を吐き出しながら、雪華《せっか》は項垂《うなだ》れる。輝くような金の髪を二つに結った美しい少女だ。雪華が持つ鉢植えの、ようやく顔を出したばかりの芽がしんなりと弱ってしまっていた。

「土はいつもと変わらず百花園のもの、肥料も忘れていない。水やりにも注意したし、日当たりも気をつけたのに……」

ちょうど芽が出始めた花は、晩秋から初冬にかけて咲くはずの水仙花の天花だ。これ以上弱らせるわけにはいかないと雪華は鉢植えを抱えて温室へ移動する。

雪華はこの百花園を管理する花守だ。

花守は代々、春家《しゅんけ》の女性が務めている。花守の仕事は花を育てること。花守がこの百花園で育てた花は、種類に限らずいずれも天花と呼ばれ、邪気を祓《はら》い清める特別な花になる。

遥《はる》か昔、まだこの地が志葵国ではなく、四つの国にわかれていた頃のことだ。四国間では戦が絶えず、疫病も広がった。死や病が邪気を増やし、大地は人が住めなくなるほどに穢《けが》れてしまった。天花を使ってその邪気を祓い清めたのが、四国のうちの一つ、春《しゅん》瑛国《おうこく》の公主――花守の祖である。

そののち夏翔国《かしょうこく》が四国をまとめあげ、今の志葵国となった。

蓬陽は戦乱の時代に最も邪気に満ちていた場所に造られた。そのためか、今でも蓬陽は邪気が溜《た》まりやすい。その邪気を祓い清めるのが花守のもう一つの仕事だ。天花を育て、その花の香りを都に満たすことで邪気は清められる。山風を受ける蓬陽の東に百花園があるのも、天花の香りをより広く届けるためだろう。

つまり蓬陽では季節を問わず天花が必要になる。季節は秋、これから花の少ない冬がやってくる。生花の数が減るので花守である雪華は天花の丹桂で精油を作ったり、鶏冠《けいかん》花《か》や竜胆《りんどう》を乾燥させたり――と、冬越しのためにたくさんの準備を進めていた。

だというのに、ここ数日どうにもおかしい。天花の芽が育たない。

「雪華様、その鉢植え移動させるんですか？　お手伝いしますよ」

しかめっ面になりながら水仙花の鉢植えをせっせと移動させていた雪華の耳に明るい声が届く。蒼花梨《そうかりん》だ。すらりと背の高い女性で、黒い髪を雪華と同じように二つに結っている。

「芽が元気ないですね。病気でしょうか？」

不思議そうに首を傾げる花梨に、雪華は首を横に振った。雪華とそう歳が変わらない花梨もこんな事態は経験がないのだろう。

「いいえ。……たぶん、都の邪気が増えているのよ。繊細な芽は邪気の影響を受けやすいもの」

「邪気が原因で芽が育たなくなるんですか？」

「そういうこともある、と聞いたことがあるの。……秋や冬には邪気が多少増えるものだけど、それにしても今年は増えすぎているのよ。これじゃあ天花がうまく育たないわ……」

温室の隅に鉢植えを並べておく。ひとまずこれで対処するしかない。

物好きで新しいもの好きの現皇帝が、西国にあるという温室を真似て硝子《ガラス》張りの小屋を造ったときにはなんて邪魔なものをと思ったが、今ではありがたい。温室の中なら邪気の影響は弱まるだろう。

「邪気が増えているなら、幽鬼の数も増えているんじゃ……冬家《とうけ》はどうしたんでしょうか？　幽鬼を狩るのは冬家のお役目ですもんね。夏頃に代替わりしたと聞いていますけど、そのせいでしょうか？」

花梨がふと冬家の名を出した。花守の一族、春家が天花を育て邪気を祓い清めることが使命なら、冬家にも幽鬼を狩り蓬陽を護る使命がある。

「そうね……冬家なら何か知っているかも。あまり気乗りしないけど、一度話を聞きにいってみたほうがいいかもね」

　雪華は代替わりをした冬家の新しい当主とはまだ面識がない。先代当主は壮健で、将軍職は辞していないと聞いている。幽鬼に関してはどちらが受け持っているのか。代替わり以降に冬家に何かあったとは聞いていないけれど、この異常の原因について何か心当たりがないか聞いてみるべきだろう。


　志葵国には四季の名を冠する一族がいる。

　天花を育て邪気を祓う花守を務める春家、皇帝一族である夏家《かけ》、代々宰相職に就く叡《えい》智《ち》の秋家《しゅうけ》、そして武勲の冬家。まとめて四季家と呼ばれ、志葵国を支える柱とも言われている。

　今から訪ねる冬家は、その武力で蓬陽の街を護っている。それは人と人との諍《いさか》いだけではなく邪気の影響を受けた幽鬼からもだ。

　幽鬼――幽霊や鬼と呼ばれる存在がいる。

　人は死ねば冥界《めいかい》へ下る。しかしこの世に未練や後悔があると地上に留《とど》まり彷徨《さまよ》う幽霊となってしまう。彷徨い続けた幽霊が邪気の影響を受けて鬼と成り果てる。その鬼を狩るのが武を極めた冬家の役割だ。

日が沈んでから数刻が経つ。蓬陽も大通りならこの時間でも賑《にぎ》わっているかもしれないが、店もないこのあたりは静かなものだ。

雪華は一人、人気のない道を歩いていた。夜に女の一人歩きなんて非常識極まりないが、花梨は既に家に帰らせたし、雪華には他に連れ歩くような従者はいない。

冬家の邸《やしき》に向かってしばらく歩いていると、鼻をつくような腐敗臭が漂い始めた。雪華は眉《まゆ》を顰《ひそ》めながらその臭いの先へと慎重に歩を進める。

一際きつい臭いがしたと思った瞬間、雪華は一人の青年がその元凶を斬り捨てるのを見た。人の形にも似ているが、到底人間には見えない――幽鬼だ。

斬られた幽鬼は跡形もなく消える。しかし雪華はまだかすかな臭いを感じ取っていた。近くに鬼になりかけている幽霊がいるのかもしれない。

青年に声をかけようと一歩近づいた瞬間、青年の背後にゆらめく影を見た。

「危ない！　後ろ！」

雪華の声に反応して、青年が背後にいた幽鬼を斬る。迷いのないまっすぐな太刀筋だ。今度こそ嫌な臭いが消えて、ひんやりとした夜風を感じられるようになる。青年の握る剣の刃が月光を受けて銀色に輝いていた。

幽鬼が完全に消滅したことに、雪華はほっと安堵《あんど》する。

「……良かった。怪我はありませんか？　冬家の人ですよね？」

「あ、はい。先程はありがとうございました。ええと――」

雪華が声をかけると、青年がお礼を言いながら振り返り、手に握る剣を鞘《さや》にしまう。ひとつに結われた灰色の髪が夜風に揺れた。背が高く、長い剣を握る腕の太さからもたくましさが窺《うかが》える。雪華を映した青年の青灰色の目が驚きに大きく見開かれた。

「……花守？」

二つに結った金の髪、そして翡翠《ひすい》の瞳《ひとみ》。その二つの特徴だけで、志葵国に生きる者ならば誰でも雪華が誰であるのかわかる。

志葵国の民は黒髪黒目が一般的な特徴だ。しかし四季家のなかでも特に限られたものだけが『色』を持っている。

春家においては金の髪と翡翠の瞳がその色だった。そしてその色を持つ者が必ず花守になる。今この国に、雪華と同じ色を持つ者はいない。そして目の前の青年も黒髪黒目ではない。灰色の髪に青灰色の瞳――冬家の色に近しいことから、青年は冬家の血筋のはずだ。

「わたしは春雪華と申します。お察しの通り花守です。……はじめましてですよね？代替わりしたと風の噂で聞いたけど……その剣、祓鬼剣《ふっきけん》ですよね？　あなたが冬家の新しいご当主ですか？」

「あ、いえ。代替わりした当主は兄で、俺はあくまで代理です。冬青雲《せいうん》と申します」

青雲と名乗った青年は丁寧に挨拶《あいさつ》をした。おそらく雪華よりも年上の、二十代前半といったところだろう。

「ではあなたが実務担当ということですよね？　確かに腕はいいみたいですけど……背後にいた幽鬼に気づかないなんて油断しすぎじゃないですか？」

雪華が咄嗟《とっさ》に叫ばなかったら危なかったかもしれない。強さゆえに驕《おご》っているのだろうかと注意すると、青雲は気まずそうに雪華から目を逸《そ》らした。

「いやその、あまり見鬼の才がないもので、幽鬼の気配を感じにくいんですよね。……あと目を瞑《つむ》っていましたし……」

「目を瞑って……ってどうしてそんなことを⁉」

思わず雪華は声をあげる。相手は理性のない鬼だ。わざわざ自分を不利な状況に追い込んで何をしているのか。冬家なりの訓練だとでも言うんだろうか？

「いやー……どうしてというか、それは、その……」

「その？」

「えー……っと……」

「なんですか。はっきりしてください」

目を泳がせながら青雲が言葉を濁すので雪華も苛立《いらだ》ってつい強く睨《にら》みつけてしまう。

「苦手なんですよ幽霊とか！　あんな得体の知れないもの怖いじゃないですか！」

雪華の視線に耐えかねた青雲がついに白状した。

「……怖い？」

幽鬼が？　と思わず雪華は言葉を失った。予想外すぎて反応できない。だってまさか、武芸に秀でた冬家の当主代理ともあろう男が、幽鬼が怖いと言い出すとは誰が予想できようか。

雪華は改めて青雲を見る。青雲は雪華より頭ひとつ分以上背が高く、肩幅もしっかりしている。柔和な雰囲気があるが、鍛え抜かれた身体は間違いなく武人そのものである。

「……なんのためにそんなに身体を鍛えているのよ」

もちろん雪華だって幽鬼を狩るためだけに鍛えているわけではないことはわかるが、戦う力があるのに怖がるのは何故なのか。

青雲は苦々しい表情のあとで声を上げた。

「幽鬼ですよ⁉　物理が効かない相手にどうしろっていうんですか！　筋肉を鍛えたところで殴れないんですよ⁉」

「あなたが今持っている剣なら物理も有効になるでしょう！」

「知ってますよ！　さっきも斬りましたし！」

青雲が先程幽鬼を斬った剣は、祓鬼剣と呼ばれている特別なものだ。初代花守から冬家に贈られたもので、たくさんの天花を使い加護を宿してある。そのため祓鬼剣なら実体のない幽鬼を斬ることができるのだ。青雲の腰にある祓鬼剣は、ひとたび鞘から抜けばその刀身は銀色に輝き、闇の中でもその特殊な輝きははっきりと目にすることができるだろう。

じとりと雪華が青雲を見上げると、青雲も負けずに見つめ返してくる。睨み合いのような沈黙はしばし続いたが、雪華はため息を吐き出して青雲から目を逸らした。

「……まぁいいです。率直に聞きますけど、都に邪気が増えているのはどういうことなんですか？　先程の様子を見ていても幽鬼の数も増えているようですし。幽鬼を狩るのが冬家のお役目でしょう？」

言葉にするとだんだん苛立ちが募ってくる。雪華は足踏みしたくなる気持ちをぐっと抑えて青雲を見上げた。青雲は困ったような、怒っているようなそんな複雑な表情を浮かべている。

「とても困っているんです。邪気が増えているせいで天花の芽が育たなくて。冬に備えて今から準備しないといけないのに、このままじゃ間に合わないかもしれないんですよ」

雪華が不満も隠さずにずけずけと遠慮なく告げる。もっと穏便に話せればいいのだろうが、雪華の積もり積もった苛立ちが、いつもなら少しはあるはずの穏便さを吹き飛ばしてしまった。

「そ、そんなのこっちが聞きたいんですけど⁉」

対する青雲はふるふると身体を震わせながら声をあげた。

「以前なら幽鬼は月に一、二度狩る程度で良かったはずなのに今は倍以上いるんです！　おかげで寝る暇さえないんですよ！　見てくださいよこの隈《くま》！」

「こんなに暗いのに隈なんて見えるわけがないじゃない」

月明かり程度で目の下の隈があるかどうかなんてわからない。手に持つ灯りで顔を照らすほど熱心に知りたい訳でもない。

「離れているから見えないだけでは？　近くに寄れば見えるでしょう？」

そう言いながら青雲がぐっと歩み寄ってくる。

「近づかないで！」

雪華が思わずそう言って強く睨みつけると、青雲は「そんなに嫌がらなくても……」と文句を言いつつしっかりと数歩下がり距離を守ってくれている。距離が出来たことを確認しつつ、雪華は一度深呼吸をして続けた。

「祓鬼剣はそれだけだとしても、見回りくらいは他の人にも任せられるでしょう？　だいたい、当主代理のあなたに従者の一人もいないのもおかしいでしょう」

「それを言ったら花守がふらふら夜に一人で出歩いていることのほうがおかしいですよ……」

「今はわたしのことはどうでもいいんです」

青雲にとってはおかしく思えても、雪華は自分がいつ一人歩きをしようと変だとは思わない。夜なら金の髪が目立たないので楽でいいなと思っているくらいだ。しかし青雲は眉を寄せ納得いかないという顔をしている。

「よくないと思いますけど……。今はちょうど国境警備に冬家の人間が出ていて人手があまりないんですよ。黒家《こくけ》の者は幽鬼が増えたせいで見回りで手一杯ですし。そちらこそどうなっているんですか？　邪気が増えているなら天花が機能していないってことになるんじゃ？」

「……はぁ？」

聞き捨てならない言葉に雪華が青雲を睨みつけたときだった。

青雲の表情に緊張がはしる。即座に腰に下げた剣の柄《つか》を握り、すぐに祓鬼剣が抜ける姿勢をとりながら雪華を背に庇《かば》う。突然のことに雪華は目を丸くした。

幽鬼なら雪華にも気配がわかる。つまり青雲が警戒しているのは幽鬼ではないということだ。蓬陽の人間ならば花守を害そうなどとは考えないはずだが、すべての人間がそうとも限らない。

張り詰めた空気に雪華が息を呑《の》む。

夜闇に紛れる黒衣の男が二人の前に現れると、敵意がないことを示すように膝《ひざ》をついた。

「失礼いたします。春雪華様、冬青雲様。帝《みかど》がお呼びです」

青雲がほっと息を吐き出して緊張を解いた。雪華も男の正体に心当たりがあったので肩の力を抜く。

「……朱家《しゅけ》の人ね？」

「はい」

朱家は夏家――つまり皇帝一族の分家であり、こうして黒衣を纏《まと》い隠密活動をしているのは皇帝直属の部下だ。皇帝の目や耳となって蓬陽の街にも志葵国のあちこちにも潜んでいる。

おおかた帝が、雪華と青雲が接触したと報告を受けたのだろう。

「ええと……どうします？」

青雲が気を遣って雪華に確認をとる。

日が暮れて数刻が経っている。官吏もとっくに一日の業務を終えた頃合だ。普通ならこんな時間に帝に拝謁するなどありえない。

「陛下が呼んでいるんだから行かないわけにもいかないでしょう」

面倒だとは思うが、雪華にも青雲にも拒否権はない。

ご丁寧にも馬車は既に用意されており、二人はすぐに皇帝のいる碧蓮城《へきれん》に到着した。

皇帝の居城であり志葵国の政の中心でもある碧蓮城は、厳格な雰囲気をそのままに、昼間の絢爛《けんらん》さをどこかに置いてきてしまったかのようだ。昼と違い人も少ないので、話し声も聞こえず静かだ。夜闇を照らす灯りがあちこちにあるのに、どこか仄暗《ほのぐら》さを感じる。

「春雪華様、冬青雲様をお連れしました」

「入っていいよ」

雪華と青雲が案内されたのは謁見の間ではなく、皇帝の執務室だった。部屋の中では一人の青年が机に向かって筆を走らせていた。この国の最高権力者であっても、こんな時間まで仕事をしているらしい。

志葵国の皇帝——夏珀凰《はくおう》は筆を擱《お》くと、雪華と青雲を見てにこりと笑う。燃えるような長い赤い髪がさらりと肩から滑り落ちた。琥珀色《こはくいろ》の瞳《ひとみ》が楽しげに雪華と青雲を見る。

「こんな時間に呼び出して悪いね。雪華は昼の城にはあまり近寄りたがらないから」

「夜でも本当は来たくなんかありませんよ」

雪華の遠慮のない物言いに青雲はぎょっとしているが、知ったことではない。雪華と珀凰にとってはいつもと変わらないやりとりだ。役目を継いだ時期が近かったこともあり、珀凰とはそれなりに親しい。珀凰からも気軽に接してくるので、雪華も公の場でなければ形式ばった態度はとらないことにしている。

「さて、どこの若いのが痴話喧嘩《げんか》しているのかと思ったら雪華と青雲だったとはね。原因を聞いてもいいかい？」

「もう報告を受けているんですから、ご存知でしょう」

知っていて雪華と青雲を呼び出したくせに、珀凰はこの状況を面白がっている。雪華はとにかく、冬家がきちんと幽鬼狩りを徹底するとかなんとか約束させてさっさと帰りたいのだ。

「蓬陽の邪気が増えていいて、雪華は天花が育ちにくくて困っている。かたや青雲は幽鬼が増えていて困っている。そういうことだったかな？」

「俺に関して言うならぜひ昼間の陛下の警護の時間を減らしていただきたいんですけど……」

ぼそりと青雲が付け加えると、珀凰は「うん？」と有無を言わせぬ顔で笑った。

「体力があるのが青雲の取り柄だろう？　私は護衛官をころころ変える気はないよ」

「……その護衛官が寝不足では意味もないでしょう」

青雲の味方をするわけではないが雪華も思わず口を挟んでしまった。珀凰は気に入った人間限定で、人使いが荒くなるのだと雪華は知っている。

「じゃあその寝不足を解消するために雪華には協力してもらおうかな」

「え？」

どうやら草を打って蛇を驚かせてしまったらしい。ひくりと頬を引き攣《つ》らせる雪華を見て珀凰は楽しそうに笑った。

「雪華は邪気が増えて困っている。青雲は幽鬼の数が増えて困っている。加えて青雲が意気地なしで幽鬼狩りの効率が悪そう……目的はどちらも幽鬼を狩って邪気を減らしたいってことだし、協力するのが一番だろう？」

「嫌です！　陛下はわたしが男が大嫌いなのをご存知でしょう！」

雪華が嚙《か》みつくように声をあげる。青雲はその声の大きさにぎょっと驚いていた。

「知っているけど、そんなことを言っている場合でもない。大丈夫大丈夫、青雲は安全な男だから」

珀凰は気安く笑っているが雪華は笑えない。

雪華は男が大嫌いだ。今こうして珀凰と青雲と同じ部屋にいることでさえ、できれば避けたいくらいなのに、これから出会ったばかりの青雲と一緒に行動しろなんて嫌すぎる。

「だから俺は来る時の馬車の中で足を蹴《け》られそうになったんですか……」

「あんなに狭い動く密室の中ですよ！　蹴りたくもなるでしょう！　あれでも我慢したんです！」

極力男のそばには近寄りたくないのに、馬車に同乗するなんて拷問だ。それでも珀凰に呼ばれたので雪華は耐えた。必要以上に敬う気はないが、皇帝である珀凰に従う意思はある。

「幽鬼を狩り、邪気を減らすことは急務だ。ああそれと、何故邪気が増えているのかという謎も調べてね」

「やることがどんどん増えていますけど？」

思わず雪華が口を挟んだ。珀凰にこき使われることに慣れていそうな青雲も苦い顔をしている。

「幽鬼狩りの専門家は冬家、邪気と天花に関する専門家といえば春家だ。現状を考えれば仕事が増えるのは当然だろう？」

にっこりと、珀凰は笑う。妙に圧のある笑顔だ。

こういう時雪華は珀凰が皇帝なのだと実感する。ここで雪華がどんなに駄々をこねても無駄なのだと思わせられるのだ。

「……わかりました」

雪華は心の中では盛大に舌打ちしたが、さすがに現実に実行したりはしない。したところで珀凰はあまり気にしないだろうが。

「決まりだね。青雲、明日《あした》……いやもう今日かな？　昼は登城しなくていいから寝なさい。夜は百花園へ雪華を迎えに行くように」

「寝る時間をくださるんですか……」

青雲は何やら感動しているが、ここまで寝不足になった原因のひとつは珀凰だろうに。

「我が国の花守殿に何かあったら困るからね。きちんと守りなさい」

「御意に」

「明日以降の私の護衛は他に任せよう。青雲、昼は百花園の手伝いをしてね」

「え。それは必要ありません」

それでは夜に一緒に幽鬼狩りするだけではなくて、ほぼ一日中青雲と過ごすことになるではないか。

「冬越しのための天花の準備は遅れているんだろう？　力仕事をどんどん任せればいい。国防に関わるからね、拒否は認めない」

きっぱりと言いきられて雪華は反論を呑《の》み込んだ。

「…………わかり、ました」

本当にしぶしぶ、しかたなく、雪華は青雲と協力することに同意したのである。

かくして雪華と青雲の幽鬼狩りの日々が幕を開けた。

一章　竜胆の少年

蓬陽の東にある山から太陽が顔を出して、百花園に咲き誇る石蒜《せきさん》を明るく照らしている。この季節は石蒜が百花園の一角を赤く染めあげているし、また別の場所では楚々《そそ》とした白い秋牡丹《あきぼたん》が咲いている。

広大な百花園の管理は手間がかかる。しかし百花園は花守が招いた者か皇帝が許可した人間以外は立ち入りを禁じられている。現在百花園に立ち入ることができる人間はごくわずかだ。

本来は春家の人間や、春家の分家である蒼家の人間が百花園で花の世話をしていたらしいのだが、雪華は小さい頃から人の少ない百花園しか知らない。

雪華はほぼ一人でこの百花園の手入れをしている。花に水をやり、雑草を抜いて、伸びすぎたところは剪定《せんてい》をして――そうしているうちにあっという間に時間は過ぎ、雪華の苛立《いらだ》ちも落ち着いてきた。

「さて、じゃあこの竜胆《りんどう》を運んで今日の作業は終わりかしら」

百花園で育ち摘み取られた天花は、生花として飾るだけではない。精油にすることもあるし、乾燥させて長期保存できるようにもしている。竜胆は乾燥させるための花だ。

風通しのいい日陰で乾燥させなくてはいけない。かなり量のある花束を雪華が持ち上げたときだった。

「手伝いましょうか？」

「きゃあ!?」

「うわぁ!?」

花束を抱えた雪華のすぐ背後から青雲が声をかけてきた。

思わず雪華が青紫色の竜胆の花束を落としそうになったところを、青雲が手を伸ばしてギリギリのところで受け止めてくれる。

「……ありがとうございます」

「いえ、その、こちらこそすみません……驚かせてしまったみたいで」

お互い気まずい空気に目を逸《そ》らしつつ、雪華は青雲から少し離れる。この距離は近すぎる。

普段あまり百花園から出ることのない雪華は、大嫌いな男性と接触する機会はほとんどない。こうして不意打ちで話しかけられたり触れられたりすると、思わず反射的に手が出そうになるのだ。今回は花束を持っていたので、そうはならなかったけれど。

「気配もなく背後に立たれたら誰でも驚きます。予告なく近づかないでください。殴られたいんですか」

「すみません、職業病というか……気をつけます」

苦笑しながら青雲からもさらに数歩距離をあけてくれた。普段は皇帝である珀凰の護衛官をしているだけあって、気配を消すことに慣れているらしい。雪華にしてみれば心臓に悪すぎる。

「これ、どこに運べばいいんですか？」

青雲は花束を抱えて雪華に問いかける。手伝ってくれるらしい。

「向こうの小屋に運んでもらえますか。そのまま吊《つ》るして乾燥させるので」

雪華が指さした先には物置に使われるような建物がある。もともと天花を保管したり加工したりする時のために建てられたものだ。

「乾燥？　花を？」

「ええ。乾燥させると色は褪《あ》せますが腐らず長く飾れますから。冬は生花が少なくなりますし」

とはいえ見た目の華やかさはなくなるので、碧蓮城でも多くの人の目につく場所には使われないだろう。使用人の多い区画に使われているはずだ。あとは城下の名家にもいくつか下げ渡されることもある。

「……この小屋、妙に生活感あるんですけど？」

小屋に一歩足を踏み入れた青雲が、その中の様子を見て首を傾げる。

小屋の広さは数人で作業するのが精一杯といったところだろうか。奥には寝台があり、その手前の衝立《ついたて》で作業場と区切られていた。天井から吊るされた紐《ひも》には既に鶏冠花《けいかんか》が干されていて、壁には夏前に乾燥させた繡球花《しゅうきゅうか》が吊るされている。棚にはいくつもの小瓶が並んでいて、小さな卓の上には読みかけの書物があった。

「わたしが暮らしていますからね」

「ここに⁉　この小屋に⁉」

「小屋ですけどそんなに驚かなくてもいいじゃないですか」

冬家で生まれ育った青雲には信じられないかもしれないが、大きめの物置や倉庫くらいの広さはある。庶民ならこの程度の小屋で暮らすこともあるだろう。

「だ、だって花守ですよ？　志葵国で皇帝についで大切にされるべき存在で……」

「幽鬼が見えない人々にとっては、ただ花を育てているだけの人間ですからね。そこまで敬う人も今はいないんじゃないですか？」

けろりとした顔で、雪華は竜胆を吊るすために数本ずつに束ねていく。

もちろん春家の邸《やしき》は蓬陽の一等地にある。百花園からそう離れていない。だが雪華にとってそこは『春家の邸』であって自分の家ではないというだけだ。

簡素な小屋ではあるが寝台もあり作業もできる。雨風も凌《しの》げるし、起きたらすぐに仕事を始められるのでここで暮らすのは便利なのだ。

「それならそれで、あなたの暮らす空間に異性を入れるのはどうかと思いますけど……」

青雲が微妙な顔でそんなことを言う。雪華はそれもそうだな、と思いつつ、ここは生活している場所ではあるが同時に作業小屋でもあるので、私的な空間であるという意識は少し薄い。今日はいないが、花梨もよく出入りしている。

「陛下曰《いわ》くあなたは『安全な男』らしいので」

「それはもちろん、当たり前です。襲うなんてことはありえませんし、あなたが男嫌いと聞いているので気をつけます」

安全な男というより真面目で誠実な人だなと雪華は思う。第一印象はあまり良くなかったが、その後は気分を害するようなことはしてこない。男嫌いの雪華のことを気遣ってくれているのだとわかる。

ともかく、青雲は既に小屋に入ったのだ。どうせなら手伝ってもらったほうが早く終わる。

「これ、吊るしてもらえます？　終わる頃にはちょうど日が暮れるでしょうし」

小屋の中に、束になった花がいくつも吊るされていく。

室内に漂う甘い花の香りに、青雲はなかなか落ち着かなそうだ。しかし雪華にこき使われているうちに慣れてきたらしく、次々に竜胆を吊るしていく。

「よし、今日の作業はこれで終わりです。そろそろ行きましょうか」

「……やっぱり行きますか？」

青雲が子犬のような顔で確認してくる。雪華は腰に手を当て叱るように青雲を見上げた。

「行かないでどうするんですか。蓬陽が幽鬼だらけになってもいいんですか」

「それは勘弁してください」

幽鬼だらけになった街を想像したのか、青雲の顔が真っ青になる。まったく、と呆《あき》れながら雪華は灯りを準備する。

「それはなんですか？」

見たことのない作りの灯りに、青雲が首を傾げる。

「灯りにちょっと細工して、この上の皿に精油を落として香りを広げられるようにしているんです。天花から抽出した精油ですから簡易的な邪気祓《ばら》いになるんですよ」

「それください……！」

「精油は取り扱いに注意が必要なので駄目です。……今度、香り袋ならあげますよ」

香り袋は手のひらにのるくらいの小さな袋に刺繡《ししゅう》を施し、その中に調合した香料や乾燥させた花を入れたものだ。中身に乾燥させた天花や天花から作った香料を使えば、簡易的な邪気除《よ》けになる。

「そんなに怖がっているのに、お守りとかひとつも持ってないんですか？」

「お守りよりも祓鬼剣の方が邪気除けの効果が強いと聞いたので……」

青雲の言葉に雪華は目を丸くした。誰に聞いたのか知らないが、随分と適当なことを言われたものだ。

「え、あるわけないじゃないですか。鬼を斬るのに邪気除けになるなんておかしいでしょう？」

「だ、騙《だま》された……!?」

がっくりと肩を落としながら青雲はぶつぶつと「これだから陛下の言うことは……」と呟《つぶや》いている。そうだろうとは思ったが、騙したのは珀凰らしい。

そんな青雲を尻目《しりめ》に雪華はいくつかの小瓶を懐に入れる。

「その小瓶は？」

「この小瓶には天花から作った精油を入れているんです。生花でもいいですけど、それだと多くは持ち歩けないし邪魔になるでしょう？　幽鬼相手に丸腰というわけにはいかないので」

灯りに使う分の精油も必要だし、少し余分に持っていくだけだ。準備を終えて雪華がすたすたと歩き始めると、そのあとを青雲がついてくる。青雲は背が高いせいで歩幅があまりにも違う。雪華が早歩きしたところですぐに追いつかれる。

「丸腰って……まさか戦う気ですか？」

「あなた、花守をなんだと思っているんですか」

花守の仕事はあくまで百花園で天花を育てることだ。そもそも戦えるのなら祓鬼剣を冬家に渡さなかっただろう。そして春家の遺伝なのか、男女ともに筋肉がつきにくく小柄な人間が多いので戦いにはまったく向いていない。

「戦うのはあなたです。わたしはその手助けをするだけ。そうでしょう？」

雪華が問うと、青雲は一瞬だけ目を丸くして、すぐに頷《うなず》いた。

「ええ、もちろん。あなたのことは俺が守ります」

別に守ってくれとは言っていないけど、と思いつつ雪華は足手まといにはならないように気をつけようと心に刻んだ。


「——左前にあと十歩！」

雪華は声を張り上げて青雲に指示をする。

驚くことに、青雲は本当に目を瞑《つむ》ったまま幽鬼を斬っていた。遠くから存在を確認すると、目を瞑って駆け寄って距離を詰め、剣を振るう。幽鬼を目にした瞬間は恐怖で足が竦《すく》むような様子があったが、目を瞑り覚悟を決めれば青雲は強かった。

効率が悪いことには変わりないが、雪華がいなくてもあまり問題はなさそうな気さえしてくるほど正確な太刀筋だった。

祓鬼剣で斬られた鬼の身体は、灰になってぼろぼろと崩れていく。灰は風に浚《さら》われてかき消され、名残もない。

「……わたしがいなくても平気じゃないですか？」

「いえいえ、助かります。正直幽鬼の気配は探りにくいので、距離を詰めることは簡単ですけど避けられたりすると面倒なので」

そういう時は嫌でもうっすらと目を開けたりしないといけないんですよ、と青雲は笑う。

「幽霊はまだいいんですけど、鬼は駄目です。気味悪くて、本音を言うと近づきたくもないんです」

「かろうじて人の形をしていても、面影は残ってませんからね……」

鬼の外見は個体差があるものの、おおよそ人の姿はしていない。どろどろに顔が溶けたようなものもいるし、虫が群がって顔など欠片《かけら》も見えないもの、毛むくじゃらのものだっている。雪華も幽鬼を間近で見るのはあまり得意ではない。怖いというよりは嫌悪感が勝るので、気分が悪くなる。

「……それにしても、本当に幽鬼が多いですね」

昨夜、青雲は雪華と出会ったときに二体の鬼を斬っている。そして今夜、つい先程も一体斬った。

本来ならば斬らねばならぬ鬼は月に一体か二体程度だ。それが二晩も続くとなると明らかな異常である。

「……鬼になるほどの負の感情を抱えた幽霊も、普段ならそれほど多くないと思うんですけどね」

未練や後悔がある人間が死ぬと、幽霊となって地上に縛りつけられてしまう。そして幽霊は邪気に触れると徐々に鬼へと変異していくのだが、その時に強く影響を及ぼすのが負の感情だ。

憎しみや恨みなどの負の感情の強さによって鬼への変異の速度は変わると言われている。強い憎しみなどを抱えているわけではないのなら、しばらく幽霊として地上を彷徨《さまよ》ってから自然と天へ昇ることもあるので、幽霊から鬼へと変じてしまうことはそれほど多くはないのだ。

だからこそ、鬼がこれほど多いのは異常だ。邪気が増えている原因があるに違いない。しばらく歩いていると、川辺の涼やかな風に乗って甘い桃花の香りがした。秋に桃花は咲いていない。これは雪華だけが感じる、幽霊の気配だ。

雪華には、幽霊は花の香りを纏《まと》っているように感じられる。しかし鬼となってしまうとそれが腐敗したひどい悪臭にかき消されてわかりにくくなるのだ。

周囲を見ると、十にも満たない年頃の男の子が橋のそばでぼんやりと佇《たたず》んでいた。こんな夜更けに子どもが一人で出歩いているなんておかしい。

「あれは……」

「何かいます？……もしかして、幽霊ですか？」

青雲は雪華の様子を見て察したのか、少し青ざめた顔でそう言う。

「もしかしなくても幽霊ですね。あそこに男の子が。見えます？」

「ああ、本当だ。ぼんやりとですけど、わかります」

雪華が男の子のほうを指さすと、青雲は目を凝らす。見鬼の才に視力は関係ないのであまり意味はないのだが、つい普通の感覚に頼ってしまうのかもしれない。

「……変だわ、邪気が集まりすぎている」

雪華は男の子を見て眉《まゆ》を寄せた。

幼い子どもがそこまで強い憎悪を抱えて死ぬことはあまりないはずだ。実際、男の子は悲しげな表情を浮かべているだけで、誰かを恨んでいるようには見えない。

「このあたりは十日くらい前にも見回りましたけど、あの子はいませんでしたよ」

「じゃあその間に亡くなったということですよね。……こんな短期間にあんなに邪気の影響を受けているの？」

雪華と青雲がゆっくりと近づくと、男の子は川を見つめて何かを呟いていた。耳を澄ますと『お母さん』と言っているように聞こえた。

「……斬ったほうが、いいですか？」

青雲が小さな声で雪華に問いかけてきた。その声からわずかな躊躇《ちゅうちょ》が感じ取れる。幽霊でもこんな小さな男の子を斬るのは心苦しいのだろう。

このまま放置すれば間違いなく鬼になってしまう。雪華の目には男の子の身体に黒い靄《もや》が纏わりついているように見えている。邪気が集まっているのだ。

「いいえ、ちょっと待ってください」

剣に手をかけようとする青雲を雪華はやんわりと止める。そして懐から小瓶を取り出すと、地面に灯りを置いた。精油を落とす皿を取り替えて、新しい精油の瓶を開ける。

ふわりと爽《さわ》やかな香りが広がり始める。

「それは？」

「蓮花《れんげ》の精油です」

蓮花の香りは浄化の作用が強い。それに水辺にはぴったりの花だろう。

香りが広がるとともに、周囲の邪気が薄れていく。じっとりとした重い空気が清められて呼吸が少し楽になった。雪華は青雲に離れているようにと告げて、男の子に歩み寄る。

『お母さん、お母さん、お花……』

ぽつり、ぽつりと、その二言ばかりを繰り返していた。男の子は全身がびしょ濡《ぬ》れでとても寒そうだ。川辺にいることから、おそらくこの川で亡くなったのだろう。

「……竜胆《りんどう》の花」

男の子の手には竜胆の花がある。お花とはこの花のことなのかもしれない。ちょうど、川辺にはいくつかの竜胆の花が咲いていた。

雪華が近づくことで天花の香りが男の子の周囲に纏わりついていた邪気を薄めていく。昏《くら》く澱《よど》んでいた男の子の目が少しずつ光を取り戻していくのを雪華は確認した。

「こんばんは」

男の子は雪華を見た。その目は既に虚《うつ》ろなものではなく、生前の人格を感じさせる明るいものになりつつある。

『……花守様？』

「あら、よく知っているのね」

雪華の金色の髪を見て男の子は目を丸くする。志葵国の人間ならばその髪の色だけで雪華が誰かわかるはずだ。

『花守様にはぼくが見えるんだ。うれしいな』

「ええ、ちゃんと見えるわ」

雪華が男の子の前にしゃがんで目線を合わせると、男の子はえへへ、と嬉《うれ》しそうに笑う。

「……その花を、お母さんにあげたかったの？」

男の子の濡れた身体、お母さんとお花という言葉、その手にある竜胆の花。推測されるのはその花をお母さんにあげようとしたのだろうということ。そしてそれは、おそらく叶《かな》わなかったのだ。

『うん。でも、お母さんはぼくのこと見えないみたいで……ちょっとさみしかったんだ』

それは仕方ないことだ。常人には幽霊の姿は見えない。

けれどそれをこんな小さな子ども相手にはっきりと告げることは躊躇《ためら》われた。

もしかしたらいつか気づいてくれるかもしれない、突然幽霊が見えるようになるかもしれない。そんな奇跡を期待することが悪いことだとは思えない。

けれど雪華は花守だから、このままこの子を放置するわけにはいかないのだ。

「……ずっとこのまま、ここにいることはできないのよ」

男の子がどれだけ死を理解しているかはわからない。だがおそらく、本能的にこのままでは危険だということは感じ取っているはずだ。鬼となれば、魂はもとのままではなくなってしまう。冥界《めいかい》へ下ることも、死後の安寧もなくなり、来世も望めなくなる。地上で人を害するだけのただの鬼になってしまうのだ。

『うん。でも……お母さんが、たまに来てくれるから』

だからここを離れがたく思ってしまった、と。男の子は困ったように笑った。

『お母さんいつも悲しそうで、つらそうで、どうにかしてあげたいんだ……』

「それじゃあ、わたしがあなたのお母さんに伝えてあげる。あなたが心配しているよって」

雪華がそう提案すると、男の子はぱっと明るい表情になる。

『ほんとう？』

「ええ、本当よ」

『じゃあ、じゃあもうひとつお願いしてもいい？』

「なぁに？」

雪華が微笑みながら首を傾げると、男の子はその手にある竜胆の花をぎゅっと握りしめた。

『お母さんに伝えてほしい。お母さんの子どもで良かった、大好きだよって』

男の子の身体が淡く光を纏いはじめた。未練が消えて、この世に繋《つな》ぎ止めているものがなくなろうとしているのだ。

「……必ず伝えるわ」

雪華がしっかりと頷《うなず》くと、男の子は嬉しそうに笑った。

『ありがとう！　花守様！』

明るい声でそう言うと、男の子の身体は光に包まれる。光が蓮花の香りとともに男の子を包み込んで、その光はやがて空に昇り、すぅっと闇夜に溶けて消えていった。

雪華の背後からさくりと草を踏む音がする。離れた場所で見ていた青雲がやってきたのだ。

「……あの子は無事に冥界へ行けたんですか？」

「そのはずです。わたしも死んだことはないので冥界へどう行くのかはわかりませんけど、少なくとも鬼になることはありません」

「よかった」

青雲がほっとしたように、男の子のいた場所を見つめる。

「祓鬼剣で斬る以外にも方法があるんですね」

「まだ鬼になっていないからできたことですよ。それに、すべての幽霊と対話が成り立つわけじゃありません。あの子はやり残したことがあったのと、寂しさから幽霊となっていただけですから浄化も効果があるんです」

あの男の子は誰かを憎んでいたわけでもなく、呪っていたわけでもない。だから蓮花の精油ですんなりと邪気が浄化された。あの子は果たせなかった生前の願いを抱えて地上に留《とど》まっていたところに自分の死を悼む母親の姿を見て、案じていただけの優しい子だ。

　雪華は青雲につられるように男の子がいた場所を見つめながら、穏やかな顔で答えた。無事に男の子を冥界に送ることができてほっとしている。

「幽霊をこの世に留めるのは未練や後悔ですからね。それを晴らしてあげれば冥界へ行けます」

　青雲は雪華を見ると不思議そうな顔で「もしかして」と口を開いた。

「……こういうこと、今まで何度かやってきたんですか？」

「どうしてそう思うんです？」

「慣れているように見えたので」

　慣れている。そう見えたのか。

　雪華自身は、いっこうに慣れたとは思えないのだけど、他人からそう見えたのならそれなりに振る舞えるようになっているのかもしれない。

「……たまに、わたしの手の届く範囲で見かけたときに。本当にときどきですけど」

　幽霊を冥界へ送ることは花守の仕事ではない。そこまで手を伸ばせるほど、花守の手は大きくはないのだ。

「そうなんですか……ありがとうございます」

「冬家の仕事を減らそうとしたわけじゃありませんよ」

青雲に礼を言われることではない。結局、雪華の自己満足だ。

「わかってます。でも、そのおかげで穏やかに冥界へ行けた人はいたでしょうから」

微笑む青雲に、雪華は何も言い返せなかった。

ほんの少しだけ、雪華の胸があたたかくなる。自分がやってきたことを真正面から認められることは今までなかった。

「それにしても……安請け合いをして良かったんですか？　あの子の名前も聞いていないのに」

青雲は疑わしげに雪華を見た。もしかしたら雪華が初めから守るつもりもない約束をしたのではないかと疑っているんだろう。

「大丈夫ですよ。守れない約束はしないことにしているんです」

雪華がきっぱりと言い切った。しかし青雲は眉《まゆ》を寄せながら「どうやって……？」と呟《つぶや》いている。それをわざわざ説明してあげるほど雪華は優しくない。


青雲は朝目覚めると一番に鍛錬をする。その後一通りの身支度を整えると、走りながら百花園へ向かう。冬家の邸《やしき》から百花園まではそれなりに距離があるので、いい運動になるのだ。そして昼間は百花園での花の世話の手伝い、夜になれば雪華と共に幽鬼狩り――そんな生活となって五日ほどが経った。

広大な百花園では水やり程度のことでも重労働だ。雑草を抜いたり肥料を足したり、なかなか体力と筋力を使う仕事が多い。雪華のあの細い身体でどうやって一人で切り盛りしているのかと疑問に思うほどだ。

「向こうの水やり終わりましたよ」

「え、もう終わったんですか？　ええと……じゃあ温室もお願いしようかな」

さすがに五日も経つと、雪華も青雲に慣れてきたらしい。もちろん青雲が一定の距離を保つように注意しているのもあるが、だんだんと遠慮なく青雲に力仕事を任せるようになってきた。

「温室？」

「こっちです。硝子《ガラス》張りの建物なんですけど、西国ではよくあるらしくて。陛下が三年くらい前に造らせたんです」

珀凰は目新しいものが好きで、碧蓮城のあちこちにも珀凰が作らせた謎のものがある。なかにはすっかりがらくたになって埃《ほこり》をかぶったものまであるくらいだ。

雪華のあとをついていくと、丹桂《たんけい》や銀桂《ぎんけい》の並んだ先にそれはあった。透明な硝子の向こうには生き生きとした緑が見える。多くの葉が紅《あか》く色づき始める秋には珍しい濃い緑色に青雲は目を丸くした。

「あ、あたたかいですね？」

温室の中に入ると外とは違ってほんのりとあたたかい。外は冷えた秋の空気だが、ここは春の初めくらいのあたたかさだ。

温室には花壇もあるが、多くは鉢植えで木製の台の上に並べられている。鉢植えには牡丹《ぼたん》もあり、見事に花を咲かせていた。

「年中あたたかく過ごせるので、寒さに弱い花は温室の中で育てます。邪気の影響も受けにくいので弱った芽もそこに避難させていますよ」

雪華が指さした先を見ると、小さな芽が並んだ鉢がいくつかある。

「本当だ。便利ですね」

「最初は変なものを造ったものだと思ったんですけど、今はけっこうありがたいなと思っています。それに、少し肌寒くなってきたらここでお昼寝するとすごくよく眠れ……あ」

雪華がしまった、という顔をするものだから青雲はおかしくなる。

口を滑らせてしまったようだが、青雲は仕事の合間に温室でうたた寝するくらいで目くじらをたてるほど生真面目ではない。

「告げ口したりしませんから安心してください。年相応でちょっと微笑ましいくらいですよ」

くすくすと青雲が笑うと、雪華は照れ隠しなのか、むすっとしながら目をそらす。落ち着いた雰囲気のある雪華だが、こういう顔もするのか、と青雲は思う。

「子ども扱いしないでください」

雪華は「それじゃあ任せましたからね！」と言うと逃げるように温室を出て行った。

広い庭園に比べて温室の水やりなどあっという間だ。すぐに終わったが身体を動かしたせいでうっすら汗をかいている。さてこの後は雑草抜きだろうかそれとも別の力仕事だろうか、と思いながら青雲は温室を出た。

「……灰はその袋の分だけよ。もしかして足りない？」

雪華が誰かと話す声がして、青雲はあれ？　と思わず立ち止まる。百花園に今いるのは雪華と青雲だけのはずだ。

この五日、昼間のほとんどをこの百花園で過ごしていた青雲だが、雪華以外の人を見かけたことはない。来客だろうか。

「いつもなら十分に足りるが、今は幽鬼が増えているからな……」

小屋の前で雪華と話しているのは細身の青年だった。雪華よりも二、三歳ほど年上に見える。志葵国ではごくごく一般的な黒髪黒目の青年だ。

「あとこれ、この間頼まれていたやつな」

「ありがとう玄鳥《げんちょう》」

玄鳥という青年から何かを受け取った雪華は、とても自然体だった。未だに青雲は雪華と一定距離を保つようにしているが、彼とはそれほどの距離をとっていない。その近い距離でも平気なほど親しい存在なのだろう。

これはもしや、そういう関係なのでは？　と青雲の身体は硬直する。青雲自身、今年で二十二歳になったものの、浮いた話一つない身だ。こういうときにどうすればいいのかわからない。とりあえず気づかれないうちに、邪魔にならないようもう一度温室に戻るべきでは――と一歩後ろに後退《あとずさ》りしたところ、振り向いた雪華と目が合った。

「あ、終わりました？　ありがとうございます」

「ア、ハイ」

思わず返事も硬くなる。

玄鳥という青年の黒い目がじっと青雲を見つめてきた。いたたまれなさに青雲は思わず笑ってみるが、玄鳥は真顔だ。

「ちょっと待っていてくださいね。すぐ戻りますから」

そう言って雪華は小屋の中に入ってしまった。置き去りにされた青雲はどうすればいいのかわからず立ち尽くした。そんな雪華の様子に玄鳥はため息を吐く。

「……申し訳ありません、勝手な奴で。冬家の方ですよね。花守より話は伺っております。蒼玄鳥と申します、以後お見知りおきを」

玄鳥は青雲を見て冬家の人間だと断言した。花守ほどではないにせよ、冬家の特徴は志葵国の民には知れ渡っている。銀に青。それが冬家の色だ。青雲の髪は灰色、目は青灰色だが――それがたとえ濁っていようが、曇っていようが、『色』持ちであることには変わりない。

「冬青雲と申します」

青雲は玄鳥に名乗り返す。蒼家といえば春家の分家だ。四季家にはそれぞれ一族を支える分家が存在しているし、その名は知られている。

自己紹介をしたものの、あとはまったく会話が続かない。いい天気ですねとでも言えばいいのかと青雲は顔を引き攣《つ》らせる。

「ねぇ玄鳥、乾燥させた花ならあるけど持っていく？」

雪華はひょっこりと小屋から顔を出して玄鳥に話しかける。

「それは冬の備えだろう。そこまでしなくてもこっちでどうにかする」

玄鳥はぴしゃりと言い返したが、雪華は「えーっと、じゃあ……」とまた小屋の中へと戻ってしまった。玄鳥の言ったことを半分くらい聞き流しているのかもしれない。

「だからいいって……まったく。じゃあ、俺はこれで失礼します」

「え、あ、はい」

玄鳥は青雲に挨拶《あいさつ》するとあっさり帰ってしまった。いいんだろうかと思いつつ、青雲には引き止める理由がない。

「あれ？　玄鳥は帰りました？」

すぐに雪華がまた小屋から出てきて、玄鳥の不在に気づく。

「今さっき。引き止めたほうが良かったですか？」

「いえ、どうせまた数日後には来ますから」

見ると、小屋の入口には食料や日用品の入った箱がある。玄鳥が運んできたものなのだろう。

「蒼家の方もここの作業を手伝っているんですか？」

「いえ、あまり。蒼家は蓬陽の街のことで手一杯ですから。ここにくるのは玄鳥の他にはあと二人くらいですね」

「二人」

百花園での作業を考えると随分と少ない気がする。

「一人は玄鳥の妹です。碧蓮城に毎日生花を届けてもらっています。もう一人は……あまり来ませんけど。わたしが百花園に自由に立ち入る許可をしているのはその三人だけです」

それはつまり、雪華の手伝いをしたり生活の補助をしたりしているのは実質的には二人しかいないということではないか。

「本来、陛下のもとへ生花を届けるのも春家の人間の仕事なんですけど……春家は、人手が足りないというか」

雪華は目を逸《そ》らしながら言葉を濁す。

春家は四季家のなかでも特殊だ。花守という重要な役目を担いながら、今まで一度も政治に口出しをしたことはない。それは花守が百花園での仕事が多く、登城することがほとんどないという理由もあるのだろう。

　秋家や冬家と違い、権力闘争に巻き込まれることもなく、ただ淡々と血を繋《つな》いできた。結果的に春家は四季家のなかでも直系の人数は少なく、どんどんと数を減らし――七年前のとある事件をきっかけに大幅に人数が減ったということは、青雲も知っている。そのため、春家や花守である雪華は碧蓮城で行なわれる多くの行事へ参加が免除されている。四季家の色持ちが必ず集まらなければならない行事にだけ、雪華は参加しているはずだ。

「そうだ、今夜の幽鬼狩りですけど、わたしは少し出かける用事があって……現地集合でもいいですか？」

「それはもちろん、かまいませんけど……」

　幽鬼狩りの前には青雲も一度邸《やしき》に戻って準備をしてから、雪華を迎えに来ている。その行先が少し変わるだけだ。不都合はない。

　だが青雲は内心で首を傾げた。

　雪華の一日はそのほとんどが百花園のなかで過ごして終わる。起きてから眠るまで天花の世話に明け暮れているのだ。今はそれに幽鬼狩りが割り込んできているものの、この五日間で雪華が個人的な用事を言い出すことなどなかった。

　実際、日用品は玄鳥が届けていて買い物の必要はなさそうだ。交友関係はわからないが、青雲はこれまで碧蓮城で雪華と顔を合わせたことはないのだから、城に知り合いはほぼいないだろう。碧蓮城で行なわれる宴《うたげ》にもほとんど参加もしていないはずだ。

そんな雪華が用事？　いったいどんな？

青雲が思わず気になってしまうのもしかたないことだろう。現地集合と言われたものの、青雲は百花園の入口で雪華を待ち構え、そのあとをこっそりと追いかけることにした。

薄布を深く被《かぶ》って、金の髪と翡翠《ひすい》の瞳《ひとみ》を隠しているものの、女性の一人歩きはあまりに不用心だ。たとえ雪華の着ている服が平民のものと変わりなく、一見すると花守には見えなくてもだ。

「どこへ……」

行くんだろう、と青雲はぽつりと零《こぼ》す。蓬陽の街は夕陽に照らされ赤く染まっている。

とある家の前で雪華は立ち止まる。そこには一人の女性がいた。青雲は声の聞こえそうな距離を保ちつつ物陰に隠れる。

「李昭慧《りしようけい》さんですか？」

声をかけられた女性は雪華を見て首を傾げている。

「はい、そうですが……どこかでお会いしました？」

「いいえ、はじめましてです」

雪華はそう言いながら髪を隠していた薄布をとる。夕陽に照らされて、金色の髪がきらきらと輝いているように見えた。

「花守様……!?」

昭慧は驚いて目を見開いている。雪華の金の髪と翡翠の瞳が花守であることを示している。姿を見せることで名乗るよりも簡単に、雪華はあっさりと自分の身分を明かしたのだ。

「あなたに言伝《ことづて》があります。あなたの息子さんから」

「圭駿《けいしゅん》から……？　あの……でも、あの子は」

気まずそうに昭慧が目線を彷徨《さまよ》わせた。雪華はそんな昭慧を静かに見つめたあと、ゆっくりと口を開いた。

「先日、大蓮橋《だいれんきょう》のところで息子さんにお会いしました。迷子のようだったので……冥界《めいかい》まで見送りを」

橋の名前を聞くと、昭慧ははっと息を呑《の》んだ。大蓮橋はここからそう遠くない橋だ。おそらく圭駿も日頃から使っていたのだろう。

「そのときにお母さんに伝えてほしいと頼まれたので」

「私に……？」

雪華が応《こた》えるように小さく微笑んだ。

「『お母さんの子どもで良かった、大好きだよ』と。……あなたのことを心配していましたよ」

一音一音丁寧に雪華が告げると、昭慧の目から涙が溢《あふ》れる。圭駿という名前と嗚咽《おえつ》が混じりながら、昭慧はその場に泣き崩れた。

「雨のあとに橋や川に近づいては駄目と、いつも言っていたのに……！　それなのにあの子は……！」

雨で増水した川に落ちてしまったのだろう。冷たかっただろうし、苦しかっただろう。昭慧はきっと息子の最期を思い浮かべては何度も泣いたに違いない。

「圭駿くんは、竜胆《りんどう》の花を握っていました。あなたに贈りたかったんだそうです。圭駿くんが摘んだものではないですけど、代わりにこれを」

そう言って雪華が差し出したのは、竜胆だ。袋状の青紫色の花が天に向かって咲いている。

「竜胆の……花を……？」

「今はちょうどたくさん咲いている頃ですね。少し前なら、咲いているのを見つけるのはまだ難しかったと思います」

ようやく見つけた竜胆の花を摘むために、言いつけを破って川に近づいた。そして足を滑らせてしまったんだろう。

「竜胆は……私の、好きな花で……」

ぽつり、と昭慧が零す。昭慧の瞳から零れた涙が竜胆の花を濡《ぬ》らした。

「去年、竜胆が咲いた頃に、あの子に話して……」

きっと昭慧にとっては日常の、何気ない会話だったのだろう。圭駿はそれを覚えていた。来年竜胆の花が咲いたら真っ先に母親に贈ろうと、今か今かと咲くのを待っていた。

小さな嗚咽が夕暮れの街に響く。

雪華は藍色《あいいろ》に染まっていく空を見つめながら、昭慧が立ち上がれるようになるまで何も言わずに寄り添っていた。

空に星が瞬き始めた頃、雪華は昭慧に何度も礼を言われながらその場を去った。

「女性の一人歩きは危ないですよ。特に夜は」

青雲は昭慧の家から離れ、角を曲がったところで雪華を待っていた。声をかけた瞬間、雪華の翡翠色の目が胡乱《うろん》げに青雲を見る。

「なんでいるんですか？」

「すみません、あとをつけていました。でも、言ってくれれば付き合いましたよ」

偶然を装うには無理があるし、青雲も嘘をつく気はなかった。怒られることも覚悟の上で素直にあとをつけてきたのだと告げる。

「あなたに言う必要がありません。これはわたし個人があの子と約束して、やりたくてやったことですから」

雪華は心底わからない、という顔で首を傾げている。その顔に青雲は少し悲しくなった。約束したのが雪華でも、青雲もその場にいたのだ。雪華から同行を頼まれても断ったりしなかった。

「あの竜胆、天花ですか？」

雪華が竜胆の花を渡しているのは青雲も見ていた。百花園にも、今ちょうど竜胆は咲いている。

「ええ。息子さんを亡くしたばかりなら、その悲しみが邪気を引き寄せるかもしれないし……お守り代わりに天花を渡しておこうかなと思って」

そして渡すなら、圭駿があげたいと思っていた竜胆を渡すべきだと雪華は思ったのだろう。

「玄鳥さんがあなたに渡していたのは、あの子に関する調査報告だったんですね」

守れない約束はしないと言いながら、雪華が名前も知らないあの子の言伝を預かったことが青雲には不思議で仕方なかった。

だがもとから雪華は、あの子について調べるつもりだったのだ。おおよその死んだ時期も予想できていたし、場所もわかる。特定するのはそう難しくないと思っていたのだろう。

「蒼家は街に天花の加護を広めるために日頃からあちこち動いていますから……蓬陽のことなら詳しいんですよ」

天花の生花は多くを碧蓮城に届けているが、萎《しお》れたものは回収し焼いて灰とする。その灰は街に撒《ま》かれ、邪気を浄化させているのだ。その作業のほとんどは蒼家が担っている。

「だとしても……次に同じようなことがあったら、俺も連れて行くと約束してください」

邪気や幽鬼の件がなくとも、蓬陽は決して治安がいいわけではない。名家の娘なら従者を連れて歩くものだが、雪華にはそういう考えがないらしい。

花守は志葵国では欠かすことのできない存在だ。現在、花守は雪華ただ一人。何かがあってからでは遅い——と青雲は考えるが、雪華の様子を見ていると自分が間違っているのかと思ってしまう。

「約束はしませんよ。言ったでしょう？　守れない約束はしないって」

くすりと笑う雪華に、青雲は小さくため息を吐く。

男嫌いで仕事熱心、皇帝相手にも怯《ひる》むことなく自分を貫くが敬う心はある。物言いがきついところはあるが、意外に情に厚い人でもあるらしい。

だが青雲は、とりあえず雪華はあまり目を離してはいけない人だなと思った。


百花園に竜胆の花が咲き誇っている。青紫色の涼やかで綺麗《きれい》な秋の花だ。

小屋の天井から吊《つ》るされたたくさんの竜胆を、雪華はぼんやりと見つめる。つい先日吊るしたばかりだから、まだ乾燥はそれほど進んでいない。もちろん昭慧に渡したのは摘んだばかりの竜胆だ。

幼い頃、雪華も母に花を贈ろうとしたことがある。何歳くらいのことだったかあまりよく覚えていない。花の世話ができるようになった頃だと思うけれど、百花園で生まれ育った雪華は物心つく頃にはままごとのように花に水をやっていた。母の真似をするのが好きだったのだ。

『母さん見て！　牡丹《ぼたん》が咲いたの！　わたしが育てた花！』

雪華は鉢植えを抱えて母親に駆け寄った。まだ小さな雪華にとってはとても重いものだったけれど、不思議と重さなんて気にならなかった。

『あら綺麗。よく頑張ったわね』

初めて自分一人で育てた牡丹を母に贈ろうかと思ったのに、思ったよりも反応は普通だった。なぁんだ、つまらない。そう思ったことを覚えている。

『……ねぇ母さん。母さんの一番好きな花ってなぁに？　次はその花を育ててみたい』

せっかくだから母さんの好きな花をあげよう。それならきっと喜ぶはずだ。そう思って何気ない顔で問いかけた。

『一番好きな花？　そうねぇ……』

少し考えるような仕草をしたあとで、母はふふ、と笑った。

『秘密。母さんが先にその花を咲かせてみせるから、その時は一緒に見ましょうね』

結局、雪華は母の一番好きな花を知らない。教えてくれなかったし、その後聞くこともなかった。母と二人、その花を眺める日がやってくることはなかったし、雪華が母に花を渡せる日は永遠にやってこない。

二章　秋家の秀才

青雲が昼に百花園の手伝いをし、夜には雪華と幽鬼狩りをするようになって二週間ほどが経った。依然として邪気が増える原因は分からないままだ。

その日、百花園での作業が一区切りついたところで青雲はにこやかにこんなことを言った。

「そろそろ碧蓮城へ経過報告に行きましょう」

「そうですか。それじゃあお願いしますね」

雪華は『行きましょう』という青雲の言葉をあえて聞き流した。にっこりと笑顔で答えながら、堂々と自分だけは回避しようと目論《もくろ》む。

「いやいや、お願いしますではなく、あなたも行くんですよ」

「え、嫌ですけど？」

しかし青雲は誤魔化されてくれず、見逃してくれる気もないらしい。今度ははっきりと雪華も行くのだと言ってきた。それなので雪華もきっぱりと拒否をする。

「陛下から強く念を押されているんです。ほら」

そう言いながら青雲は書状を雪華に見せてきた。珀凰の直筆で『報告に来なさい、必ず二人一緒でね』と書いてある。

　ここまでされては雪華も拒否はできない。それでも雪華は素直に頷《うなず》きたくなかった。うー……と小さく唸《うな》って不満を隠さず態度に出した。そんな雪華を見て青雲は困ったように眉《まゆ》を下げる。

「今日の作業はほとんど終わっていますし、明日《あした》にまわしても平気でしょう？」

　諭すように青雲に言われる。雪華としてはまだまだ仕事があると嘘をつきたいところだ。しかしここ数日青雲は真面目に手伝ってくれていたので作業の遅れも特にないし、既に青雲は一日の流れをほぼ把握している。嘘も誤魔化すことも通用しないとなれば、素直に嫌なのだと訴えるしかない。

「……人目のあるところは苦手なんです」

「行ってすぐ帰るだけですから」

「だから、行くことが嫌なんですってば」

「帰りに甘味を買って帰りましょう。奢《おご》りますよ、ね？」

　いつの間にか雪華が甘味好きであることまで知られている。青雲は意外と人のことをよく見ているのかもしれない。

　それでも、雪華がこれほど碧蓮城に行きたくないと駄々をこねる理由までは、青雲には教えていないのでわかるはずもない。

「本当にすぐ終わらせますし、報告そのものは俺がしますから、あなたはいてくれるだけでいいですよ」

それならいなくても問題ないのではないかと思わなくもない。そして雪華は別に報告をめんどくさがっているわけではないのだ。

あの手この手でどうにか雪華をその気にさせようとする青雲を、雪華は見上げた。青雲はかなり背も高く体格もいいほうだが、本人の性格が滲《にじ》み出ているのだろうか、あまり圧迫感がない。

「……あなた、妹さんがいたりするの？」

「いえ、末っ子ですけど」

「そう。面倒見よさそうだから下に弟妹がいるのかと思った」

そう言いながら雪華は目を逸《そ》らした。自分が我儘《わがまま》を言って青雲を困らせている子どもみたいに思えてなんともいたたまれない。

「姉たちに振り回されているからですかね？　まぁ振り回してくるのは陛下もなんですけど……」

おそらく絶対に雪華を連れてくるようにと念を押されているのだろう。もしかすると雪華がいなければならない用件でもあるのかもしれない。単純に珀凰が青雲を困らせて楽しんでいるだけかもしれないが。

はぁ、とため息を吐き、雪華はこのあたりで折れることにした。

「……仕方ないですね、着替えてきます」

「あ、はい。待っています」

碧蓮城へ行くのなら今の格好のままでは駄目だ。庭仕事で汚れているし、そもそも平民が着るような服なので皇帝陛下に拝謁するのにふさわしいとは言えない。

先日は急な呼び出しだったことと、夜だったこともありそのまま登城したが、今日はそうもいかないだろう。

雪華は小屋に入ると着替える前に顔を洗い、身体をさっと拭《ふ》いて汗や土汚れを落とす。取り出した着替えは年に数度着る程度の上等な衣だ。花色と呼ばれる青い衣に、翡翠《ひすい》色《いろ》の帯をしめる。二つに結っていた髪は一度下ろして丁寧に櫛《くし》で梳《と》かした。それだけで雪華の金の髪は光を放つかのように艶《つや》やかになる。

ひととおり支度を終えて、鏡で確認する。普段はあまり使われない鏡はうっすらと埃《ほこり》を被《かぶ》っていた。

鏡に映る少女は不機嫌そうな顔で睨《にら》み付けてくる。雪華の大きな目はただ見つめるだけでも力強く見えるらしい。外での作業が多いのに肌はあまり日に焼けない。しみやそばかすなどは見当たらず、白桃のような頰をしている。

衣の色は春のやわらかな青空に似ている。春家を示す色で、花守と当主のみが着ることを許されている。当代においては雪華だけが纏《まと》う色だ。

雪華は小屋の外にいる青雲のもとへ向かう。薄い壁の向こうで、青雲は静かに待っていた。

碧蓮城に行くのがやはり億劫《おっくう》で、雪華の足取りは自然と重くなる。

「……お待たせしました」

声をかけると青雲は振り返った。青灰色の目が驚いたように見開かれていて、雪華は内心で首を傾げた。

彼は作業中に脱いでいた黒い上衣を着ている。どうりでいつもより上等な衣で来ていたわけだと雪華は内心で毒づいた。最初から今日の予定は決まっていたのだ。

じっ、と青雲が雪華を見下ろしてくる。その視線に、雪華は下から睨むように青雲を見上げた。

「何か？」

雪華の機嫌は底辺を這《は》っているのでつい態度も言葉も刺々《とげとげ》しくなる。

「いえ……その、化粧はまだですよね？　しなくていいんですか？」

終わるまで待っていますよ？　と青雲は親切心からそう言ってくれるのだろう。だが雪華にとっては必要のない親切だ。

「よく気づきましたね」

青雲はそういうことには疎いのではと思ったが違うらしい。先ほど驚いたのは雪華が身支度を終えるのが早すぎたからのようだ。

「姉たちがいつも身支度にかなり時間がかかっているので……」

姉たちというと何人いるんだろう——と、どうでもいいことを考えながら雪華は自分が着ている衣を見る。先代花守である母もよく着ていた色だ。儚《はかな》げでやわらかい青色は雪華にはあまり似合わないような気がしてより憂鬱《ゆううつ》になる。

「わたしはあまり化粧はしません。儀礼のときとかは、城の女官たちに無理やりされますけど」

「……そうなんですか？」

どうして？　と言いたげな青雲の声に雪華は苦笑した。

「……あんまりこういうことは聞きたくはないんですけど、わたしの顔についてどんな感想をもちますか」

「可愛らしいしとても綺麗《きれい》だと思いますが」

即答だった。

しかも下心を一切感じさせない爽《さわ》やかな物言いで、あまりにきっぱりと言い切るものだから、雪華は思わず妙な生き物を見るように青雲をまじまじと見上げて観察してしまった。

「え、あの、何か失礼なことを言いました？」

「いえ、他意なくそういうことを言えるのって、女性に好かれそうだなと思って」

「え？　いや、そうでもないですけど……綺麗だと、何か問題でもあるんですか？」

雪華にとっては、悪いこととしかない。だがそれを他人に理解しろと言ったところで難しいということもわかっている。

「たとえばなんですけど、雑草のなかに一輪だけ綺麗な花があったらどう思います？　またはどうします？」

「どうって……たぶん自然と目がいくと思いますけど……あっ」

雪華の問いに答えながら、青雲は途中でその問いの意味に気づいたのか言葉を詰まらせた。

「そうです。わたしが人の多いところに行くと、とても注目を集めるんです。特に男の人の視線をたっぷりと。だから化粧でさらに綺麗になんてなりたくないんです」

碧蓮城には男性が多い。というか、雪華が足を踏み入れる場所にはほぼ男しかいない。女性といえば、女官などがいるくらいだ。

まさに万緑叢中紅一点《ばんりょくそうちゅうこういってん》。目立ちたくなどなくても、女であるがゆえに雪華は嫌でも碧蓮城で注目されてしまう。ましてこの金の髪は黒髪の中では華やかすぎる。

「そうだったんですね……単に陛下を嫌っているから避けているのかと」

「もちろん陛下も男ですからどちらかと言えば嫌いですよ。……それに、帝《みかど》という生き物も好きではありません」

雪華がそう言うと青雲は息を呑《の》んだ。

「……それ、碧蓮城で口に出していたら極刑ですよ」

「花守の首を刎《は》ねるというのなら、どうぞご自由に」

できるはずがない。そうわかっているからこそ雪華は不敵に笑うが、青雲はとても笑えないのだろう、困ったような顔をしている。

青雲が呼んでおいたという冬家の馬車が百花園の外で待っていた。

いつの間に手配していたんだろう、と青雲の手際の良さに雪華は驚かされた。どうぞ、と差し出された青雲の手を丁重に断り、雪華は馬車に乗る。

半月近く一緒にいるけれど、青雲に触れたことも触れられたこともない。青雲がかなり気遣ってくれているのだろうということは、雪華にも十分伝わっていた。

「目立つのが嫌だと言っていましたけど、今日はいつもとは違ってあまり目立たないかもしれませんよ」

「え？」

動き出した馬車の中で、青雲が呟《つぶや》く。向かいに座った彼は苦笑混じりの表情で横を向いたまま、雪華と目を合わせない。

「あるいは、余計に目立つかもしれませんけど」

「どうしてですか？」

首を傾げながら問いかけても、青雲は雪華を見なかった。どこか暗い顔で、自嘲《じちょう》気味にも感じる低い声で答える。

「……すぐにわかります」

すぐに、という言葉のとおり、雪華は碧蓮城に足を踏み入れて数分後にその理由を理解した。

視線が集まるのはいつものことで、そこにはなんの違和感もなかった。雪華に普段向けられる眼差《まなざ》しにあるのは畏敬《いけい》であったり賞美であったり様々だ。おおよそ珍品を眺めるようなものだろう。その中に好色なものも混じるが、敵意はない。

――灰混じり。

ちくちくと刺すような視線に紛れて、そんな言葉が聞こえてくる。その言葉が雪華に向けられたものでないということくらい、嫌でもわかる。

雪華は執務室へと通じる廊下の途中で隅に寄り、立ち止まる。ちょうど人の気配がなくなり、無遠慮に浴び続けてきた他の人の視線が途切れたところだ。

「……なんで従者みたいに後ろをついてくるんですか」

青雲を振り返り雪華は眉《まゆ》を寄せる。青雲は困ったように笑い、何も言わなかった。

「これじゃあわたしが余計に目立つじゃないですか。並んで、せめて壁になってください」

「……そういうことなら」

強い口調でそう言うと、青雲は一瞬考えるような表情をしたあとで雪華の隣に並んだ。背の高い青雲が隣に立つと、雪華の姿はすっかり隠れてしまう。おかげで視線は感じなくなった。

灰混じり、という皮肉めいた言葉は青雲に投げつけられている。冬家の『色』は、銀と青。銀の髪と青い瞳《ひとみ》を持つ者が当主となる。青雲の髪は灰色、瞳は青灰色だ。

……なるほど、灰混じりとはうまく言ったものだと雪華は思う。

雪華と青雲が珀凰の執務室に辿《たど》り着くと、すぐに中に通された。執務室には今朝雪華が手折った菊花が花瓶にいけられている。珀凰は筆を擱《お》くと執務室にいた文官たちに休憩をとるように指示する。人払いでもあるが、男性が嫌いな雪華のための配慮だろう。

珀凰は山積みになった書簡を脇に避《よ》けると、にっこりと笑って「さて」と口を開いた。

「よく来たね。雪華は嫌がるかと思ったんだけど」

「嫌ですよ。わかっているなら呼ばないでください」

人目もないので雪華も遠慮せず不機嫌を隠さない。いくら態度で示したところで珀凰の強引さは変わらないのだが。

「まぁそう言わずに。……幽鬼の数は減っていないみたいだね」

困ったなぁ、と言いながら珀凰の顔はあまり困っているようには見えない。

「邪気が増えている原因も未だわからず……幽鬼を狩り続けているものの、変化はありません」

約束通りほとんどの報告を青雲がしてくれる。雪華はやはり自分が来なくてもよかったのでは……と思い始めたところで珀凰が雪華を見た。

「雪華、天花の様子は？」

「冬越し用の天花は邪気除けを施した上でなんとかなっています」

そもそも百花園は天花が育つ場所。本来は邪気の影響を最も受けにくいところだ。天花は発芽したばかりの繊細な時期を過ぎれば、通常どおりに育てても大丈夫なのではと雪華は考えている。

「となると、気になるのは市街の影響か……」

珀凰はため息を吐き出して呟いた。

蓬陽はもとより邪気を溜《た》め込みやすい。だからこそ、春家や蒼家が天花の灰などを使って邪気祓《ばら》いをしている。ここ数日、その頻度を増やしているがあまり効果がない。このままでは市街用の花は尽きる。

碧蓮城には常に生花が活けられているため、邪気の影響は少ない。帝の部屋には摘んだばかりの生花を飾り、前日まで飾られていた天花は城内の他の場所に移され、萎《しお》れるまで飾られる。萎れた花は回収され、その天花を燃やした灰が市街で使われているのだ。

無駄のない使い方だが、天花の灰を増やすことは容易ではないため、こういう非常事態ではなかなかうまくいかなくなる。

「……対策が必要ですね」

ため息を吐き出しながら雪華が言う。

「俺だけなら幽鬼狩りの時間を増やせば済むことですけど、雪華殿の体力が持ちませんね」

「……なんですかその雪華殿って」

雪華は嫌そうな顔をして青雲を見る。

「え、その、駄目ですか」

「駄目ですよ、殿なんていりません。やめてください」

思えば今まで青雲と名前を呼び合うようなことがなかった。しかし、まさか雪華殿と呼ばれるとは。なんとも居心地が悪い。

「ええと……雪華さん」

「さんもいりません！　年下相手にどうして殿だのさんだのつけるんですか！」

「そう言われても……」

雪華が食ってかかると、青雲が眉を八の字にさせた。そんな顔をしても雪華はおかしなことは言っていない。花守と冬家当主代理だ。立場はそれほど変わらない。

「随分と仲良くなったねぇ」

雪華と青雲のやり取りに、珀凰は微笑ましげに見守りながらしみじみと呟く。

「仲良くありません」

「雪華が男性相手にこんなにしゃべるのは珍しいだろう？」

「必要ないから話さないだけで必要なら話します」

不服そうに雪華がそう答えるのを、珀凰は楽しげに見ている。

青雲だけではない。雪華は玄鳥とだって会話はする。赤の他人とは特に話す必要もないから話さないだけだ。

「思ったよりも二人がうまくいっているみたいで安心したよ。ひとまずまだ半月だ、もう少し様子を見よう」

くすくすと笑いながら珀凰は話をまとめた。

まだ半月、と言われれば確かにそうだ。でも雪華はなんだか妙に気になってしまう。突然増え始めた邪気と、減らない幽鬼。天変地異の前触れなのではないだろうか。

「……ん？」

ふわり、と華やかで清涼感のある香りがした。飾られている菊花の香りではない。雪華は部屋の外へ顔を向ける。扉の外には護衛が立っているはずだが、部屋に入ったとき彼らからはなんの香りもしなかったはず。

これは茉莉花《まつりか》の香りだ。そして、この気配は――

「陛下、ここ数日のうちに碧蓮城で変わったことはありました？」

「変わったことというと？」

「はっきり申し上げると、死人が出るようなことは？」

「ないよ。少なくともそういう報告はない」

「……そうですか」

ふむ、と雪華は顎《あご》に手を添え考え込む。茉莉花の香りは既に遠ざかってしまったが、気のせいではない。

「なんですか？　何か気になることでも？」

きょとんとした顔で問いかけてくる青雲を見てから、雪華はそっと目を逸《そ》らした。

「……あなたには教えません」

「え、なんでですか」

だって、言ったら怖がるでしょう――と、喉《のど》から出かかったが雪華は呑《の》み込んだ。

碧蓮城に幽霊はいない。死んだ女官が、毒殺された後宮の妃《きさき》が、なんて噂が流れることはあるが、雪華が城内で幽霊を見たことは一度もなかった。所詮《しょせん》、噂は噂ということだろう。

「雪華？」

珀凰までがどうしたんだと問いかけてくる。雪華は少し悩んだあとで口を開いた。

「碧蓮城に、幽霊がいます」

「ふぅん。幽霊、ねぇ……」

珀凰はまったく驚かなかった。青雲は真っ青になって、言葉を失っていた。本当にこの人は強いのに、どうして幽霊なんかを怖がるのだろう。

ここ数日のうちに碧蓮城で死んだ人間の幽霊だったなら問題はなかった。しかし死人はいない、と珀凰は言った。だから碧蓮城には幽霊はいない。つまり外部からどうにかして入り込んだ幽霊だということになる。

天花に加護されている、この碧蓮城に、だ。

「なんでですか⁉　なんで落ち着いているんですか⁉　非常事態ですよ⁉」

青雲が真っ青になったまま声を上げる。一人だけひどく狼狽《うろた》えていて、雪華はその様子を見るだけでより冷静になれる気がした。

「そこまで慌てることはないと思うよ」

珀凰も特に慌ててはいない。この人はいつも表情が大きく揺るがないので今も本心はわからないが、幽鬼に怯《おび》えるような性格ではないはずだ。雪華も慌てる必要がないという点においては珀凰に同意する。

「そうですね。まぁ鬼ではなく幽霊ですし、今のところはまだ害はないです」

「まだでしょう⁉」

「そうですね」

どんな幽霊なのかわからないので安全だとは言い切れないし、今大丈夫でも明日《あした》はわからない。慌てる青雲の隣で雪華は顎に手を当てながら考える。

「邪気祓いされている碧蓮城で、そのまま幽霊として彷徨《さまよ》い続けることができるようなら、もしかしたらより強い鬼になってしまうかもしれませんね」

雪華の言葉に、青雲の顔色は青を通り越して真っ白になりそうだ。

「それじゃあ早くどうにかしないと！　碧蓮城に鬼なんて洒落《しゃれ》になりませんよ！」

碧蓮城には常に多くの人が集っているし、何よりこの志葵国の中心だ。青雲の言うとおり、鬼が暴れるなんてことになったら大事件になるだろう。

「じゃあ探してきてよ」

　どうしようかと雪華が考えていると、珀凰が鶴の一声をあげた。青雲はその声に頰を引き攣《つ》らせた。

「……探しに？」

「探しに」

「この広い碧蓮城を、ですか？」

　にっこりと珀凰は笑う。有無を言わせぬその顔に、青雲は青ざめたまま真顔になった。

「……可能ですか？　それ」

　助けを求めるように青雲が雪華を見てくる。ここで雪華に無理だと言わせて珀凰に発言を撤回させたいのだろう。

「可能か不可能かはやってみないとわからないですね」

　なにしろ人手もないので雪華と青雲が頑張るしかない。だが不可能だとも言い切れない。

「雪華は今気づいたんだよね？　ということは、幽霊が近くにいたってことかな。幽霊は生前関わりがあった場所に出ることが多いと聞くし、この部屋に近づける人間は限られているから、ある程度絞れると思うよ」

「なるほど確かに……」

　珀凰の言うことに青雲は素直に頷《うなず》いている。しかし雪華は一連の流れに妙な作為を感じていた。

「……陛下、何かご存知ですか？」

「何かって何を？　幽霊を見つけたら教えてね」

珀凰は堂々と笑顔で誤魔化すつもりらしい。青雲は気づかないかもしれないが、雪華は誤魔化されたりしない。

――その顔は絶対何か知っている。


珀凰に聞くのを諦《あきら》めて、とりあえず雪華と青雲は執務室の周辺を歩いてまわることになった。幽霊がそれほど遠くへ行っていなければすぐ見つかるだろう。

「陛下と雪華さ……んは似ていますね」

「なんで途中でやめようとしたのに結局さんをつけているんですか」

雪華がじとりと睨《にら》みつけても青雲は笑って誤魔化そうとする。

「呼び捨てというのもどうなのかと思いまして……」

本人が呼び捨てでいいと言っているのに、青雲はさっぱり理解しないらしい。

例えば蒼家の人間であるなら、曲がりなりにも主家の人間である雪華を呼び捨てにすることにも抵抗があるだろうが、青雲は違う。冬家の当主代理なら雪華と立場は変わらない。

「まぁ、それはもういいですけど……陛下とわたしって、似ていますか？」

聞き流そうかとも思ったが、雪華は青雲に改めて聞いてみた。珀凰と似ていると面と向かって言われたのは初めてだ。

「そうですね、若いのに落ち着いているところとか……考え方や物事の捉《とら》え方が似ているような気がしますね」

「……そうですか？」

「ええ」

「……そうですか」

皇帝の執務室の近くとなると不躾《ぶしつけ》な視線を投げつけてくる者は多くないが、それでもやはり雪華と青雲は注目を集める。これはやりにくいな、と思いながらも雪華は幽霊の気配を探った。浴びせられる視線には雪華を侮るようなものもあるし、すれ違いざまに鼻で笑う者もいた。

花守の仕事は、平和であればあるほど他者にとってはわかりにくい。幽鬼が見える者は多くないし、邪気を感じない者の方が多いため、花守の役割がただ花を育てるだけだと思っている人も多い。

そのことに不満はない。雪華は自分がやるべき役目をこなすだけだ。花守として生まれて、花守として生かされた。雪華はただただ、天花を育て国を守り続けるしかない。

「あの……幽霊は見つかりそうですか？」

「難しいかもしれないですね」

青雲の問いに、雪華は幽霊の気配を探りながら答えた。

残り香のようなかすかな茉莉花《まつりか》の香りは感じるが、気配がとても微弱だ。消えかけている幽霊なのかもしれない、と雪華も半ば諦めかけている。

「あれ？　青雲？」

雪華と青雲がうろうろと歩き回っていると、一人の武官らしい男が青雲の姿を見つけ声をかけてきた。青雲よりも小柄で快活そうな人だ。青雲と同じか、少し上くらいの年頃だろうか。

「近頃見かけないと思ったがどこに……と、花守、様……？」

これまで青雲に話しかけようとした者は雪華に気づくと遠慮していたのだが、彼からは雪華の姿が青雲の陰になって見えなかったらしい。話しかけながら雪華に気づいた男性は「なんで？」という顔をしている。考えていることが素直に顔に出る人だ。

はじめまして、と挨拶《あいさつ》するべきなのだろうが雪華にとっては大嫌いな『男』だ。正直近づかないで欲しかった。

雪華は好奇心剝《む》き出しの目線を避けるように青雲を壁にして隠れる。

「今は彼女と特殊な任務にあたっているから、碧蓮城にはあまり来ていないんだ」

「花守様と？　へぇ、そりゃすごい。さすが冬家の方は違うねぇ！」

「そんなたいしたことじゃない。ところで、俺がいない間の城内はどんな様子だった？

変わった噂でもなかったか？」

情報収集をしようと会話を誘導した青雲に、雪華は内心でよくやったと褒め称える。

「おまえがそういうことを気にするの、珍しいな。噂ねぇ……目新しい話は特にないなぁ。相変わらず陛下のお気に入りは秋家の坊っちゃんとおまえだし、いざこざがあるわけでもないから武官連中は暇をもて余しているよ」

「……お気に入りというわけではないんだが」

「謙遜《けんそん》もほどほどにしておけよ。うるさい連中に見くびられるだけだ」

青雲は苦笑する。会話を聞いている限り、青雲とは親しい仲なのだろう。

雪華は会話に耳を傾けながらも周囲を見回す。官が身に纏《まと》う衣の色はそれだけで官位を示している。例外は四季家の色のみ。

春家は花色と呼ばれる青、夏家である帝《みかど》は深紅、秋家は月白、冬家は漆黒。基本的に当主か次期当主と花守のみがその色を着ることを許されている。

その他の官は黄、橙《だいだい》、黄緑、緑、紫の五色で位をわけている。帝の執務室の周辺となると、緑や紫の衣を着た高位の官がほとんどだ。

雪華がずっと黙り込んでいることを気にも留めず、男はよくしゃべる。

「陛下も若いもんを重用してくださるんで、俺らには嬉《うれ》しい限りだが年寄りのおっさんどもは気分がよくないだろうね。秋皓月《こうげつ》もそろそろ秘書官ではなく宰相補佐になるんじゃないかって話だ。あいつ、まだ二十歳かそこらだろ？　反対の声も多いけどな」

秋という名からもわかるように、秋家の者なのだろう。雪華の知らない名前だった。宰相補佐なんて話が持ち上がるのなら色持ちなのかもしれない。

「彼は優秀だから問題ないと思うが……」

「優秀だから余計に目につくんだよ。おまえと同じだ。おまえも色持ちみたいなもんなんだしさ」

武官の男は、ははっと明るく笑いながらそんなことを言っているが、雪華はその言葉に少し腹が立った。色持ちみたいなとはなんだ。どう見ても青雲は色持ちだろうに。

「……俺は特別優秀ってわけじゃないし、色持ちといっても、そもそも兄上の代理だから」

曖昧《あいまい》に微笑みながら答える青雲に、雪華はひっそりとため息を零《こぼ》した。

謙遜もすぎると卑屈だ。灰混じりなどと揶揄《やゆ》されているからなのだろうが、青雲はどうにも自己評価が低いらしい。低すぎるくらいだ。

雪華は剣のことなんてよくわからないが、それでも青雲の実力は確かなものなのだろうと思う。青雲の太刀筋は真っ直ぐで、力強い。急所のわかりにくい鬼をたいてい一撃で倒している。それはきっと、青雲がこれまで努力してきたからこそだ。わずかな期間一緒にいるだけの雪華にすらわかるのだから、武官の目からすればなおさらだ。

得られる情報もなさそうだし、そろそろ他の場所を見て回りたい。雪華はくん、と青雲の衣の袖《そで》を引いた。それだけで青雲は雪華の主張を的確に理解したらしい。

「あ、すみません、ほったらかしで。じゃあそろそろ」

「ああ、悪いな、引き止めて」

雪華は結局一言も話さずその場を去る。

きっと今頃、当代の花守は無愛想で可愛げがないとでも思われているのだろう。先代とは大違いだ、と。

それでいい。母は優しくやわらかく微笑む人だった。だが母は自分の美しさに無頓着《むとんちゃく》すぎたのだ。

雪華は違う。雪華は、自分の顔がどれほど人を魅了してしまうのかを知っている。だからより美しくなんてならなくていいし、微笑んでみせることもしない。

花は華やかであればあるほど虫を引き寄せるものだから。

「あまり情報は得られませんでしたね」

二人きりになると、青雲が申し訳なさそうに呟《つぶや》く。すみませんと謝ってきそうな雰囲気すらあって、雪華は苛立《いらだ》ちながら青雲を見る。

「そうですね、あなたが尋常じゃないほど卑屈だってことくらいしかわからなかったわ」

雪華が刺々《とげとげ》しくそう言っても、青雲の表情は変わらなかった。

「そうですか」

「そうよ」

卑屈であることは否定しないらしい。盛大な嫌味のつもりだったのに、さっぱり手応《てごた》えがない。

自分を過大評価するのも問題だが、まったく評価しないというのも考えものだ。

「……あのねぇ！」

年上の男に説教なんて偉そうなことはしたくないが、雪華は青雲を見上げて口を開く。

きょとんとした目で青雲が雪華を見下ろしてきた。

仁王立ちになってもこの身長差ではまったく迫力がないのがなんとも悔しい。

「他人が何と言おうと堂々としていればいいのよ！　相手はあなたが色持ちであることを妬《ねた》んでいるだけなんだから！」

一方的に羨《うらや》まれ妬まれているのだから、相手にするだけ時間の無駄だ。相手にしてみれば青雲が何をしても気に入らないのだから。

ただ髪の色と目の色が黒ではない、というだけで。

「色持ちと言われても……」

青雲が言葉を濁して目線を落とす。冬家を示す、銀と青でないということが青雲の劣等感を刺激し続けているのだろう。

「何よ。その髪と目の何が悪いの。灰混じりだろうがなんだろうが、あなたが冬家の色を持って生まれたことに変わりはないでしょう。じゃあ何？　真っ黒な髪の人達は墨塗りとでも呼ぶ？」

「いや、それは……」

青雲が眉《まゆ》を下げる。雪華をどう宥《なだ》めればいいのか困っているのだろう。

志葵国の民のほとんどが黒髪だ。もちろん雪華も、そんな大人数相手に喧嘩《けんか》を売るつもりはない。ものの譬《たと》えだ。

「墨塗りと呼ぶのが駄目で、あなたを灰混じりと嗤《わら》うのはいいっていうの？　どっちも同じことよ。生まれてくる時に髪の色も目の色も選べないんだから」

本人にはどうしようもなかった身体的特徴を嗤うことそのものが愚かな行為だ。他人の愚かさに、青雲が傷つく必要なんてない。

「だいたい、灰の何が悪いのよ。あのね、灰は役に立つんだからね。肥料になるし、虫はつきにくくなるし、蓬陽の街を守っているのだって天花の灰なのよ！」

怒りながら雪華がぶつぶつと呟くと、青雲は思わずといった風に笑った。

「くっ……ふふ」

「ちょっと、何がおかしいの？　笑うところじゃないわよ、わたしは怒っているのよ」

堪《こら》えきれずに笑う青雲を雪華が睨《にら》みつけるが、それでもまだ青雲の声はおかしそうに震えていた。

「いえ、肥料とか虫除《よ》けとか、なんだかだんだんおかしくなってきて」

「おかしくないわよ！　わたしにとっては重要なことよ！」

「そうですね、すみません」

謝りながらも青雲はまだ頬をひくひくさせているものだから、雪華はますます腹立たしくなる。

笑いすぎて滲《にじ》んできた涙を拭《ぬぐ》いながら、青雲は少し清々《すがすが》しい様子で微笑んだ。

「……ありがとうございます」

「怒られてお礼を言うなんて、あなたちょっと変よ」

「怒っていると敬語が抜けるんですね」

「え？……あ」

青雲から指摘されて雪華はようやっと気づいた。仮にも青雲は年上だから敬語を使っていたのに、腹が立っていたせいかすっぽりと抜け落ちてしまった。

「いいですよ、別に敬語なんて使わなくても」

雪華に説教されたことも敬語を使われなかったことも、青雲はまったく気にしていないようだ。穏やかに微笑みながら雪華の無礼をあっさりと許してしまう青雲が少しだけ心配になる。

「……あなたの場合、自分は敬われるほどの人間じゃないって思いそうなのであえて敬語は使い続けます」

怒ったら忘れるかもしれないけれど、自分を過小評価する人には態度できちんと示すことも必要だろう。

青雲と武官の会話は、実りのない世間話だったといえばそれまでだが、雪華には少し気になることがあった。

「……そういえば、秋家の人が陛下の秘書官になったのはいつのことですか？」

陛下のお気に入りとして青雲と共に名を挙げられていた人物だ。四季家の人間だから帝《みかど》の目に留まりやすいのだろうが、それでも妬まれるということは注目を集める人なのだろう。

「秋皓月ですか？　彼は十五歳で文官になって、二年ほど前……十八歳から秘書官となったはずですが」

「……そう。わたしが花守になったのよりもあとですよね」

「そうですけど、それが何か？」

妙だとは思うが確信があるわけではない。

雪華は十一歳で花守になった。ならざるを得なかった。

それから七年間、最低限とはいえ四季家が参加を義務付けられている祭儀には参加しているし、花守として主役を務めることもある。

それなのに。

「わたし、その人に会ったことないんですよね」

「別に、おかしなことでもないと思いますけど……？」

青雲ともこの間が初対面だったのだからありえないことではないのだろう、と雪華も思った。儀礼に参加するのは当主のみ。まだ秋家が代替わりしていないのなら、雪華と会う機会もないだろう、と。

「……意図的に避けられている気がするんですよね」

秋皓月は帝の秘書官であるという。雪華自身が碧蓮城にやってくることは年に数度しかないが、それでも珀凰のそばにいるはずの人物に一度も会ったことがないというのは少々おかしい気がする。それらを青雲に告げると、彼は困ったような表情を浮かべる。

「秋皓月に何かしたんですか？」

「会ったこともないのに何ができるって言うんですか」

どうして雪華が何かした側だと思うのだ。ちょっと失礼ではないか。

「いや……その、彼は真面目な人ですし、理由もなく誰かを避けるような人ではないと思うんですが……」

青雲の観察力はそれなりに信頼できる。彼がそう評価しているのなら、秋皓月は真面目で信頼のおける人物なのだろう。

会ってもいない相手に避けられているというのも、雪華の被害妄想だと言われたらはっきりとは否定できない。ただ少し、気になるだけだ。

「それに今回の件と関わりがあるわけでもないでしょう？　彼のことはひとまず置いておいて、幽霊探しを続けましょう」

「……それもそうですね」

今はそれどころではなかった。碧蓮城に幽霊が何故いるのかだけでも確認しなければならない。ただでさえ今は邪気が増しているので注意は必要だ。

また少し移動して城内を見回り、青雲が知り合いを見つけては世間話ついでに何か変わったことはなかったかと聞いてみる。

時間にして二時間ほど幽霊探しは続いたが、その姿を見つけることはできなかった。

「……今更ですけど、幽霊って夜じゃなきゃ姿は見えないとかじゃないですよね？」

青雲が雪華に問いかけた。あまりに手応《てごた》えがなさすぎて困惑しているように見える。

「夜のほうが幽霊の姿が見えやすくなりますけど、昼でも幽霊が見えるときは見えるので、あまり関係ありませんよ。夜にだけ幽霊がいて昼に消えているわけではないですし」

「そうですよね……」

聞いてみただけですと苦笑する青雲の隣で、ふぅ、と雪華は息を吐く。さすがに疲れた。

体力的にはまだ動けるが、精神的な疲労がどっと身体にのしかかる。普段は百花園からほとんど出ることがない雪華にとって、他人の視線を感じる空間は心地いいものではない。

そんな雪華の様子に気づいて、青雲が口を開く。

「……一度、陛下の執務室に戻りましょう。これ以上粘っても、意味はなさそうですし」

「でも……」

このまま幽霊を放っておくわけにはいかない。雪華が焦りを滲ませると、青雲は諭すように優しい声で続けた。

「やり方を変えるなり、対策を考えるなり、時間は有効に使ったほうがいいです」

「……そうですね」

執務室へ戻る途中でも、花守だ、灰混じりだと視線が投げられる。

「結局、俺と一緒だから悪目立ちしていますね。すみません」

馬車の中で話したことを思い出したのだろう、青雲が申し訳なさそうに笑いながら謝ってくる。

「あなたが謝る理由はないでしょう」

むっとしながら雪華は言い返した。この男、全部自分のせいにして謝る癖がついているんじゃないだろうか。

「何度言えばわかるんですか。あなたは何も悪くないんだから、堂々としてなさい。次にまた謝ったら一晩に狩る鬼の数を増やしますよ！」

「それは勘弁してください」

へらり、と笑う青雲の頬を思いっきりつねってやりたくなる。男に触りたくないという気持ちよりも、この男の卑屈さを矯正しなければという責任感めいたもののほうが勝ってくるのだ。

きっと青雲は、雪華から触れてくるなんてことはないと思っているから言葉だけでのらりくらりとかわして笑っているんだろう。

少し驚かせてやろうかと雪華が青雲の頬へと手を伸ばしかけた時だった。

ふわりと、華やかな茉莉花《まつりか》の香りがした。

「いた！　近い！」

雪華は神経を集中させ、その香りの先を探して走り出した。かすかだが、幽霊の気配がする。それも、珀凰の執務室のそばだ。

いや、そばというより、これは。

「ちょ、急に走り出さないでくださいよ!?」

執務室の前で立ち止まる雪華のもとへ、少し遅れてきた青雲が声をかける。息を切らすような距離ではないが、突然だったので雪華についていくのが遅れたらしい。

「……どうしたんですか？」

立ち止まったまま動かない雪華に、青雲は声をかける。

扉の前にいる護衛は、ただ立ったまま執務室の中を睨《にら》むように見つめる花守相手に困惑していた。護衛は助けを求めるように青雲を見たが、青雲も状況を把握できていない。

そして、護衛が戸惑っている隙をついて、雪華はなんの断りもなく扉を開ける。

「ちょ、ちょっと！」

さすがにそれには青雲も驚いた。帝の執務室だ。勝手に出入りできるようなところではない。

開け放たれた扉の向こうには、執務途中の珀凰と、驚きながら振り返っている青年が一人。

その人を見て、雪華は確信する。

呼吸を整えてから、まず雪華は珀凰に頭を下げた。

「……陛下、突然失礼いたしました。不意打ちでなければ、また逃げられてしまうかと思いまして」

「いいよ、許そう。それで？　君が追いかけていたものは見つかった？」

珀凰は雪華の無礼をあっさりと許し、楽しげに笑っている。

「ええ。かくれんぼではなく、鬼ごっこをさせられていたみたいですね」

雪華は入口で立ち尽くしている青雲を振り返って見る。

「扉、閉めてください」

「え、あ、はい」

雪華に命じられて青雲は慌てて扉を閉めた。その際に雪華に振り回された護衛に一言
「……すみません」と告げる。青雲は悪くないのだが、何か言わずにはいられなかったようだ。

部屋の中には、珀凰、雪華、青雲、そしてもう一人。

「……あなたが秋皓月ですね」

「はい。はじめまして、花守殿。お会いできて嬉《うれ》しいです」

どこか憂いのある微笑みを浮かべた青年の髪は鳶色《とびいろ》、瞳《ひとみ》は紅色だ。秋家に生まれる『色持ち』の色と一致する。線が細く、いかにも文官といった雰囲気で、長い鳶色の髪

はひとつに結っていた。

「はじめまして、春雪華と申します。ちょうどあなたの話を聞いたところだったんですよ」

「どんな話か聞くのが怖いですね」

「とても優秀な方だとお聞きしました」

にこ、と雪華は微笑む。

その様子に青雲は首を傾げている。先程まで初対面の武官相手に青雲の陰に隠れるようにして一言も話さなかった雪華が饒舌《じょうぜつ》なのが不思議なのだろう。

釈然としないといった顔で青雲が雪華を見ていると、皓月は「では」と口を開く。

「私はまだ仕事がありますので、これで」

失礼いたします、と退出しようとした時だった。その腕を、雪華が摑《つか》んだ。

「逃がさないわよ」

翡翠《ひすい》の瞳が、獲物を捕らえる。はっきりとした口調で雪華は皓月と向き合った。

「鬼ごっこはもうごめんだわ。あなた、その中にいる幽霊はなんなの？」

皓月の瞳が揺れている。迷い子のように、助けを求めて珀凰を見たが、彼は何も言わなかった。

「秋皓月……いいえ、あなたは誰？」

皓月の秘密を探るように雪華がその顔を見る。

「……いったいなんの冗談でしょうか？　私は秋皓月ですよ」

一瞬だけ動揺を見せた紅色の瞳は、すぐに平静を装って笑顔の下に感情を隠した。

「あなた、わたしを誰だと思っているの」

雪華は怒りを滲《にじ》ませながら強い口調で言う。

「花守よ。花守なの。天花を育て、死者を慰め、国を護る。それがわたしの務め。わたしの役目なの。そのわたしを、誤魔化そうというの？」

小柄な雪華は、皓月のことを下から睨みつけるしかできない。しかしその瞳は射抜くように皓月を見ていて、皓月の足は縫い止められたように動かなかった。

「一つの身体の中に二人分の人格が入っているなんて、正気の沙汰《さた》じゃないわ。どれだけ危険なことをしているかわかっているの？　死者が邪気に呑《の》まれれば、生きている人間ごと鬼になってしまってもおかしくないのよ!?」

普通に探しても見つからないわけだ。

雪華の発言に、青雲はようやく状況を理解したらしい。驚いて目を丸くしている。

「無理やり身体に入っているんじゃないんでしょう。それくらいわかるわよ。でもね、死者も生者も等しくこの国の民なら、わたしには護る義務があるの！」

死者には花と慰めを、生者には花と活力を。花守はそうやって国を支えてきた。花守が育てる天花なしにはこの国は成り立たないから。

「……捕まってしまったんだから仕方ないね、観念するしかないよ。瑞月《ずいげつ》」

珀凰が雪華を宥《なだ》めるように間に入り、皓月に声をかける。

「でも、陛下……！」

泣きそうな声で皓月――いや、瑞月が珀凰を見る。助けを求めるその目に、珀凰は厳しく返す。

「すべて話しなさい、秋瑞月。命令だよ」

「……陛下」

命令だという言葉に、瑞月と呼ばれた青年が目を伏せた。

夏珀凰は、優しい人間ではない。雪華はずっとそう思っているし、おそらく間違った認識ではないのだろう。生まれた時から帝《みかど》となることを定められた男が、優しさだけでは生きていけるはずがないのだ。

「瑞月……まさか女性ですか……？」

青雲が瑞月を見ながら問いかける。その名前はどちらかというと女性につけられる名前だ。

「確か、皓月殿の双子の姉が、瑞月という名前だったような……」

皓月と瑞月が生まれた時、随分と話題になったのだと青雲は説明してくれた。青雲は幼すぎてその当時の記憶はほとんどなく、雪華は生まれてすらいない頃だそうだ。

「……そうです。私は、秋瑞月。皓月の姉です」

諦《あきら》めたように、皓月――瑞月は口を開いた。

「私と皓月は、そっくりでした。男と女という性別の違いのほかは、何もかも同じでした。髪の色も、目の色も。幼い頃は親ですら見分けがつかないほど」

色持ちが二人同時に生まれる。

それは、当時は随分と騒ぎになった。四季家に生まれる色持ちは、二十年から四十年に一人生まれるのが普通で、双子として生まれてくることは初めてだった。

しかしその双子が男女であったことで、騒ぎも自然と落ち着いた。男である皓月が家を継ぐのだから問題ない。女の瑞月には、相応《ふさわ》しい縁組を考えれば良い、と。

――しかし、そう上手くはいかなかった。

「皓月は、三年前に亡くなりました。十七歳の時です」

皓月は十五歳という若さで試験に受かり、文官として働き始めたものの、よく体調を崩して休みがちだったのだという。

「……もともと身体が弱くて、病がちでしたが、秋家に相応しい、頭のいい子だったんです」

瑞月は唇を噛《か》み締めると、ぽろりと一滴涙を流す。その様子はどこからどう見ても女性だが――

『……問題になったのは、秋家の跡継ぎが死んでしまったことだった。色持ちがこんなに早くに死ぬなんて前代未聞だ』

瑞月の口から、別人のような声がする。

少し低くて、秋風のように涼やかで芯《しん》のある声だった。

「……あなたが秋皓月？」

『ええ。僕が皓月です。はじめまして、花守殿』

雪華が呼びかけると、皓月がにっこりと人懐っこい笑みを浮かべて答える。先程瑞月が流した涙はまだ頬を流れ落ちているのに、その姿はどこか少年のように見えた。

『僕は、瑞月のことが気がかりですぐに冥界《めいかい》には行けなかった。瑞月の行く末を見守ったら、大人しく冥界へ行くつもりだったし、今でもそのつもりです』

でも、と皓月は悲しげに目を伏せる。

『秋家は、瑞月を僕の身代わりに差し出した』

それはまるで、生贄《いけにえ》のようだった。低く涼やかな男性の声でそう告げる。

秋家が四季家のひとつとして相応しくあるために、その権力がわずかでも削《そ》がれないために、今まで色持ちでありながら日陰にいた瑞月は突然表舞台に立たされた。

「女にしては背が高かった私は、十七歳となっても皓月と背格好があまり変わりませんでした」

今度は少し高い、やわらかく凛《りん》とした女性の声だった。

ころころと声が変わる。まるで札の表と裏でひっくり返るようだった。

その様子は、見ているだけでも不思議なものだった。わずかな声音の変化が二人の違いを教えてくれるが、表情が変わらないとわかりにくい。

彼らが意識すれば二人で『秋皓月』を演じることも容易だろう。

『僕は休みがちでしたし、親しい人もいなかった。だから瑞月が僕として働いても、誰も気づきませんでした。僕は、とても見ていられなかった』

多少の違和感があっても、病み上がりだからだと言えば誰もが納得した。

「私は幼い頃から皓月と一緒に勉強してきました。だから知識はあります。秋家に恥じない仕事はできます。……でも、不安だった」

瑞月にとっては皓月から聞いていただけの、まったく知らない世界だ。

周りは知らない人ばかりで、頼れる人もいない。迂闊《うかつ》に気を許せば女だと気づかれてしまうかもしれないと思えば、誰とも親しくなれなかった。

『女の子一人が、この碧蓮城で男として生きていくなんて、過酷すぎる。健康だった瑞月さえ、どんどん痩《や》せていってしまって、僕は――』

低い声が震えて、まるで懺悔《ざんげ》するように皓月は天を仰ぐ。静かに目を閉じて、涙がまた頬を流れ落ちる。

「――皓月は、私に手を差し伸べた。私に触れてくると、皓月は私の身体の中にいたんです。皓月が一緒にいてくれるようになってから、私はとても安心しました。だって、本来役目を継ぐべき皓月はここにいる」

瑞月は胸に手を当てながら微笑んだ。心の底から喜んで現状を受け入れているのだと雪華に示してくる。

『瑞月は知識が豊富でも自分に自信がなかった。僕はただそれで合っているよ、大丈夫だよと言っているだけです』

雪華は戸惑いなく話を聞いていたが、青雲はだんだんと混乱してきたようだ。一人の身体なのに声がころころと変わるので奇妙な術を見ている気分になるのかもしれない。

「……陛下はご存知だったんですね？」

雪華は黙ったまま見守っていた珀凰に問いかける。今まで雪華と秋皓月が出会わなかったのは、珀凰がそうなるように配慮していたのだろう。

簡単な話だ。珀凰が呼び出さなければ顔を出さない雪華を、都合のいい時に呼べばいいのだから。たとえば彼らが休みの日であったり、既に帰宅したあとであったり。

珀凰は雪華を見て微笑む。それが答えだろう。

「二人で『秋皓月』をやるようになってから数ヶ月後に、陛下の秘書官に任命されました。……陛下は、すぐにお気づきになりました」

「男か女かなんてすぐわかるよ。皓月の顔も覚えていた。似ていても、違う人間だからね」

珀凰は一目で秋瑞月だとわかったそうだ。

猫か犬かを見分けるのが簡単すぎて謎かけにもならないのと同じように、珀凰にとっては当たり前のことだったらしい。

「それから、陛下はおそらく花守殿も同じようにすぐわかるだろうと、そうおっしゃって……」

「……それで今回、わたしを試してみた、と」

はぁ、とため息を吐き出しながら雪華が零《こぼ》すと、珀凰は「ごめんごめん」と軽く謝罪した。

「そろそろ雪華と瑞月を引き合わせた方がいいだろうと思ってね」

いつまでも瑞月と皓月のことを隠し通せるわけではない。そして今は邪気が増えている。念の為、邪気や幽霊に詳しい雪華と引き合わせておきたかったと珀凰は続けた。

今日雪華を呼び出した本当の目的はこれだったのだ。報告なんて呼び出すための口実だったに違いない。

「……わたしの見解は、先ほど申し上げたとおりです」

雪華は表情を消し去り、できるだけ平坦《へいたん》な声で告げる。

「今どれだけ危うい状況なのか、自覚がないようですが、普通なら瑞月さんは正気を失っていてもおかしくないことですよ」

自我が壊れて寝たきりになる可能性もあると告げると、雪華の言葉に瑞月は怯《おび》えるように息を呑《の》んだ。

「秘書官をされているのですから、ご存知ですよね。今、蓬陽は邪気が増しています。邪気が増すことで幽霊は鬼へと変じやすくなっている。それは皓月さんも例外ではありません」

淡々と雪華は話し続ける。

珀凰が私情を交えないのと同じだ。雪華は花守として説明する責任がある。そこに雪華の個人的な感情を混ぜてはいけない。

「生者の身体に入った幽霊が鬼へと成り果てるなど前例がありませんから、どうなるかわかりません。最悪、瑞月さんも共に鬼となる可能性もあります」

「すみません」

すっと片手をあげながら青雲が発言の許可を求める。その声に、張り詰めていた空気がわずかに緩んだ。

「……ここで口を挟む勇気に免じて、なんですか」

はぁ、とため息を吐き出しながら雪華が許可する。油断すると気が抜けてしまいそうだ。

「邪気の影響を受けて幽霊は鬼へと成り果てるんですよね？　そして負の感情によって、邪気を引き寄せやすくなる」

「そうですね」

「現状、皓月さんは受け答えもはっきりしていて邪気の影響を受けているようには見えませんが」

おそらく青雲は先日の男の子――圭駿を思い出しているのだろう。通常、邪気の影響を受ければ幽霊は片言しか話せなくなる。

「おそらく、ほぼ影響は受けていないんじゃないかと。瑞月さんの中にいることと、普段過ごすのが碧蓮城だったからかもしれませんね」

「それなら、しばらくは様子を見るという形でも良いのではないですか？」

青雲はこれを提案したかったのだろう。

雪華は黙り込んだあとで瑞月を──いや、皓月を見る。

「……皓月さん。少しその身体から出られますか。あなただけに聞きたいことがあります」

『ええ、かまいません』

予想していたのか、皓月は即答した。

「えっと……どこか部屋はお借りできますか？　外でもいいんですけど、花守が独り言を呟《つぶや》いていたなんて奇妙な噂が流れても困りますし」

瑞月の身体から出たら皓月もただの幽霊だ。見えない人には雪華が一人でいるようにしか見えない。

「隣に仮眠用の部屋があるから使うといいよ」

「えっ⁉　と、隣って、その、いいんですか？」

珀凰の好意に素直に甘えようとした雪華より先に青雲が慌てた。今日はなんだか邪魔ばかりする男だなと雪華は顔を顰《しか》める。

「何がですか？」

「え、その、一般的には、寝台のあるところで男女二人っていうのはどうかと……」

一応雪華のことを心配してくれたらしい。だがその心配は少々見当違いだ。

「寝ぼけていますか？　皓月さんは幽霊ですよ、どんな間違いが起きるっていうんですか」

「あ」

呆《あき》れた顔で雪華が指摘すると、青雲は気づいていなかったらしく顔を赤くした。

「あー……でも、平気なんですか？　男性は嫌いなんでしょう？」

「……嫌いですけど」

まぁ、幽霊ですからね、と雪華は呟く。青雲が心配しているようなことは起こるはずもない。

『言うまでもなく、不埒《ふらち》な真似をすることはないから安心してください』

「いえ、俺に言わなくてもいいんですけど……」

皓月が微笑みながら青雲に告げるが、それを言うべき相手は雪華だと思う、と青雲は戸惑っていた。

執務室の隣には執務の合間に休憩をとるために造られた部屋がある。珀凰の言うとおり仮眠用の寝台があり、卓と椅子もあった。

休憩のための部屋だといっても、雪華が暮らす小屋に比べたら広くて快適だ。

隣の部屋から聞き耳をたてていたら会話は筒抜けだろうが、真面目そうな瑞月がやるとは思えないし、青雲にそんな度胸はないはずだ。珀凰にいたってはそんなことしなくても雪華が何を聞くのか大方予想しているだろう。

『それで、僕に聞きたいこととは』

皓月は透けた身体で雪華と向き合い、世間話をすることもなく率直に尋ねてくる。

瑞月とそっくりだが、やはりどこか男性的な雰囲気が強い。……もしも皓月が生きていたなら、雪華はこの状況に耐えられなかっただろう。

「そうですね、率直に問います。あなたは、いつまで瑞月さんと共にいるつもりでしたか」

きっと、瑞月は叶《かな》うことなら自分が死ぬまで皓月と身体を共有し続けるつもりなのだろう。それが無理だとわかっていながら、それでもぎりぎりまで望み続ける。

――けれど皓月は？

互いに思い合う強さは同じだとして、違いは生者であるか死者であるかということ。

そして皓月は、自分の死には納得しているようだった。

『……あの子は、僕と同じです。秋家の色持ちとして十分に役目を果たせるほど、賢い子なんです』

皓月は微笑みながらそう呟く。ふわりと香る、茉莉花《まつりか》の香り。女性的なその香りは、皓月が瑞月を思う気持ちの表れなのかもしれない。

『けれど、自信がない。瑞月は今のままでは自分が陛下の片腕となれるだなんて思えていないんです。……陛下はもうとっくに、あの子の才を認めてくださっているのに』

皓月はそっと目を閉じる。憂いを帯びたその顔は瑞月にそっくりだった。

『僕がいるだけで、あの子は胸を張って『秋皓月』になれるみたいで。だから、瑞月が自分の力を信じて、自信をもてるようになったら……そうしたら、離れるつもりでした』

たとえその時、どれだけ瑞月に引き止められようと、おそらく皓月は、それを振り切ってでも死者として正しい道へ進むだろう。

「……瑞月さんの身を危険にさらすかもしれないという可能性に、気づいていなかったわけじゃないんでしょう？」

たとえ幽鬼に関する知識がなかったとしても、皓月なら仮説をたてることはできただろう。

『もちろんです。僕が鬼に成り果てるようなことがあれば、そのときにはどうであれすぐに離れます。……瑞月には、長生きしてほしいんです』

きっぱりと言い切る皓月は、雪華には保身のための嘘をついているようには見えなかった。嘘ではないからこそ、雪華は困る。

心の底から瑞月を案じているのだとわかってしまうから。

『……本当は、ごく普通の女性として、良い人と添い遂げてほしいと思います。けれどそれを、瑞月は望まないから』

目線を落とし呟く皓月は、少しだけ悲しげだった。

秋家の色持ちとして、秋皓月として——生きる覚悟を、彼女は決めてしまった。

皓月の未練は間違いなく瑞月だ。茨《いばら》の道を選んでしまった片割れを案じている。

『だからもう少し、瑞月を見守りたいんです。勝手な我儘《わがまま》であることは承知の上でお願い申し上げます。花守殿、どうか今は見逃してくださいませんか』

そう言って皓月は頭を下げた。

見逃すべきではない、と花守としては思う。

どんなに些細《ささい》でも危険の芽を放置することはできない。まして、帝《みかど》である珀凰の傍らのことならばなおさらだ。

けれど。

「……いくつか条件をつけます。それでよろしいですか」

絞り出すように雪華が答える。口にしてしまってからも、まだこれが正しいか雪華にはわからない。

『ありがとうございます……！』

皓月はうっすらと眦《まなじり》に涙を浮かべ、嬉《うれ》しそうにまた頭を下げた。その表情に雪華は何も言えなかった。

死者とはいえ、人である。

人の願いを一蹴《いっしゅう》できるほど、雪華は非情にはなれなかった。

帰りも冬家の馬車に揺られ、百花園へと戻る。いろいろなことがありすぎて、雪華はすっかり疲れ切っていた。

ただの経過報告だけだったはずが、とんだ一日になってしまった。

「あれで良かったんですか？」

「良くはないですよ。でも、仕方ないじゃないですか」

行儀よく座っている気力すらなくて、雪華は壁に頭を預ける。

「あのままにしておくのも良くないし、かといって無理やり引き剝《は》がすのも良くない。どうするのがいいか考えたら現状維持が最善だったんですよ」

はぁ、とため息を吐き出して雪華は答える。甘い判断だったかもしれないが、強引に引き剝がして瑞月の心身に何かあっても困るのだ。

「……それに、死んでしまった大切な人と、できることならまだ一緒にいたいという気持ちは、わからなくもないので」

ぽつりと雪華は呟く。誰だって死という別れに抗えるのなら抗いたいだろう。

「……そう、ですね」

独り言にも似た雪華の呟きに、青雲は小さく同意した。

雪華が告げた条件は三つだけだ。

ひとつ、雪華の作った香り袋を肌身離さず持ち歩くこと。天花から作った香り袋なら、ある程度は邪気を祓《はら》う効果がある。

ひとつ、定期的に雪華に様子を見せること。百花園に来るのでもいいし、雪華が碧蓮城に行った時でもいい。最低でも半月に一度は顔を合わせることになった。

最後、異変が起きたらすぐに雪華のもとに来ること。皓月も瑞月も、鬼になることだけは防がなければならない。

「個人的には良かったと思いますよ。……大切な人との別れは辛《つら》いですから」

青雲がほっとしたように呟《つぶや》くが、雪華はこれで良かったのかとまだ悩んでしまう。花守として、その判断は正しかったんだろうか、己の感傷に流されてしまったんじゃないだろうか、と。

「……先延ばしにしたにすぎませんよ。生者と死者は、いつまでも一緒にはいられません」

「それでも、気持ちの整理をつける時間があるなら良いことです」

——そうであって欲しい、と雪華も思う。

幽霊になったからといって問答無用でその人を祓うのか。祓えるのか。躊躇《ためら》う気持ちは雪華にもよくわかる。

これがのちに最悪の結果を招いたら、雪華は自分を責めずにはいられなくなるから。

「……瑞月さんは普段碧蓮城にいることが多いし、香り袋も渡したので突然鬼になるなんてことはないと思いますけど、用心は必要ですね」

心配事が増えてしまった、と雪華はため息を吐く。今は邪気が増えていることだけでも頭が痛いのに。

「ところで、俺はまだ香り袋をもらっていないんですけど」

——約束しましたよね？　と青雲が悲しそうな顔をする。

もちろん雪華も忘れていたわけではない。成り行きとはいえ約束したことだし、雪華は守れない約束はしないと決めている。

「それは仕方ないですよ。瑞月さんに渡した香り袋があなたのために用意しておいたやつですから」

雪華はいつも香り袋を持ち歩いているわけではない。自分用に作っていたわけではないし、誰かにいつでもお守りに渡せるようにしているものでもない。

瑞月に渡した香り袋は、青雲に渡すために持っていたのだ。

「どうりで準備がいいなと思いましたよ……！」

「だって瑞月さんの場合、次に会うときになんて悠長なこと言っていられないでしょう。わたしも、碧蓮城に何度も行きたくないし」

青雲とは毎日会っているのだから、いつでも渡せる。……というか、なんと言って渡せばいいのかわからなくてここ数日懐に入れたまま、青雲に渡す機会を窺《うかが》っていたのだ。

結局青雲に渡せずに瑞月の手に渡ったわけだけど、役に立ったのだからまぁいいか、と思う。青雲にはまた作ればいいのだし。

「あなたの香り袋は、もう少し待っていてください」

「まぁ、今回の件は仕方ありませんからね。俺のは少しくらい遅くなっても大丈夫ですよ」

そう言って快く笑う青雲に雪華も笑い返す。こういうときに他者を優先できるところは青雲のいいところだ。

「そう言ってもらえると助かります。わたしも……やるべきことがあるので」

言葉の後半は自分に言い聞かせるように小さな声だった。

目を伏せて雪華は握りしめた自分の手を見つめる。

いつまでも目を逸《そ》らしているわけにはいかない。向き合わなければならないことは、雪華にもある。

三章　銀桂の絆

それは、七年前の春の終わりのことだった。

その日雪華は珍しく、春家の邸《やしき》を訪ねたのだ。当主に呼ばれたという母の帰りが遅かったので、蒼家の人間である燕雀《えんじゃく》に付き添いを頼んで、一緒に迎えに行っただけだった。

母からは春家の邸に近づかないようにと言われていたけれど、母を迎えに行くだけだったし、大人の燕雀にもついて来てもらっているから、まぁいいだろうと思った。

——当主様と花守様なら、離れにいらっしゃいます。

母の居所を問うとそう返ってきた。離れには燕雀が連れて行ってくれた。

離れの扉はわずかに開いていた。すれ違いになってしまったんだろうかと雪華は焦って扉に駆け寄った。

『母さん？』

人の声はしなかった。いないのだろうかと思いながらそっと扉を開けて、雪華はその目に飛び込んできた光景に言葉を失った。

母が死んでいた。殺されていた。

胸を刺された母の花色の衣は真っ赤に染まっていた。雪華と同じ翡翠《ひすい》の目は虚空を見つめたまま動かない。

いつもなら花の香りで満たされているのであろう離れの部屋は、血の匂いで噎《む》せ返るほどだった。

床には血の海ができていた。すべて母から流れた血だ。

『香蘭《こうらん》様！』

中の様子に気づいたらしい燕雀が母に駆け寄る。そのあとの記憶は、雪華にはない。そのままその場に倒れたのだと聞いている。

雪華は今もなお、あの日に見た光景を忘れられずにいる。

まるで忘れるなと言い聞かされているみたいだ。

——忘れるな、母が死んだのはおまえのせいだ、と。


風にのってほのかに銀桂《ぎんけい》の優しい香りがする。

雑草抜きを終え、立ち上がった青雲はそんなことを思った。この香りがすると秋なのだと実感する。

「向こうの雑草抜きは終わりました」

広大な百花園においては雑草抜きという雑用は永遠に終わらない苦行だ。だが青雲はあまり苦にならない。単純作業は楽だし、花の知識がない青雲が役立てることは多くないのでやれることがあるのは有り難い。

「もう終わったんですか？」

「はい。あとは何をすればいいですか？」

さぁ次の仕事を、と急《せ》かす青雲に雪華が小さく笑った。「たまにおまえは犬みたいに見える」というのは珀凰や青雲の兄姉の言葉だが、もしかしたら雪華にもそう見えるようになってしまったのかもしれない。

「あとは臘梅《ろうばい》の剪定《せんてい》をしようと思っていて……」

雪華がそう言いながら薬液らしき瓶を置いた時だった。

「せっせっせっ雪華様ぁぁぁ⁉」

悲鳴にも似た大きな声が百花園に響き渡り、思わず青雲は身構える。雪華は煩わしそうに耳を塞《ふさ》いでいた。見ると、雪華と同じくらいの年頃の長身の女性がこちらを指さして驚愕《きょうがく》の表情を浮かべている。

「せっ雪華様がぁああぁぁ！　玄鳥以外の男の人と一緒にいるううう⁉　しかもしゃべってるうううう⁉」

「……花梨」

耳をつんざく高い声に、雪華は顔を顰《しか》めている。しかし花梨と呼ばれた女性はそんな雪華の様子に気づいていないのか興奮したまま詰め寄った。

「どどどういうこと⁉　どういうことですか⁉　ついにお婿様が決まったんですか⁉　えっそんな⁉　いつの間に⁉　私が知らないうちにどこで出会ってどこで恋を育ててどこでそんな仲になったんですかだって雪華様ったら百花園から全然出ないじゃないですか⁉」

花梨は矢継ぎ早に言葉を投げる。青雲も雪華も口を挟む余裕がまったくない。

その勢いに眩暈《めまい》でもしたのだろうか、雪華がふらりと倒れそうになったので、青雲は後ろからそっとその肩を支えた。

「あ。すみません、つい」

思わず触ってしまった。男嫌いの雪華には極力、触れないように気をつけていたのに。

雪華は何を言っているんだこの男はという顔をしただけだったので、殴られる心配はしなくてもよさそうだ。なんだかんだで雪華から殴られたことはないのだが。

「せ、雪華様が男の人に触られてもなんにも言わないー⁉」

空高く響き渡る大きな声に雪華がますます眉《まゆ》を寄せる。

「……ありがとうございます」

もう大丈夫です、と雪華がしっかりと立ったのを確認して青雲は手を離した。随分と頼りなく薄い肩に、この人はちゃんと食べているんだろうかなんて心配が浮かぶ。

「やだもう雪華様ったら私より先にこんな素敵な人を見つけてひどいですよおおお！

私だって未来の旦那《だんな》様がほし……むぐっ」

「そろそろ勘違いと暴走はやめて黙ってくれるかしら？　花梨」

雪華はにっこりと微笑みながら花梨の口に手巾《しゅきん》を丸めて突っ込んだ。その早業に青雲は目を丸くする。

「ふぁい……」

「ほら、挨拶《あいさつ》なさい。初対面でしょう」

「……大変失礼いたしました、蒼花梨と申します」

ようやく落ち着いた花梨が青雲に頭を下げながら名乗る。背が高く、すらりとした細身の女性だ。

「冬青雲です」

青雲が挨拶を返したところで、雪華が補足するために口を開いた。

「以前に話した、玄鳥の妹ですよ」

そういえば玄鳥以外にもよく来る人がいると言っていた。

「確か……碧蓮城に生花を届けている方でしたか」

「はい、いつも私が来るのは早朝なので今までお会いしなかったんですね」

青雲は今まで一般的に人々が働き始める時間帯に到着するようにしている。ちょうどすれ違っていたのだろう。

「あ、そうだ雪華様。幽鬼についての報告書です」

「ああ、ありがとう」

「……蒼家って普段からそんなことまでしているんですか？」

花梨が雪華に報告書を渡しているのを見ながら青雲は驚いていた。蒼家の仕事は青雲が思っている以上に多種多様なのではないか。

いえいえ、と花梨は否定した。

「今だけですよ。あてもなく歩きながら幽鬼を探すよりある程度位置を絞ったほうがお二人も楽になるでしょう？」

一般的に見鬼の才を持つものは多くはないが、四季家やその分家には比較的幽鬼が見える者が多い。ぼんやりと感じる程度でも今のような非常事態には役立つだろう。

ぱらぱらと報告書を流し読みする雪華を見て花梨は微苦笑する。

「……雪華様お一人で役目をこなすには、あまりに負担が大きいですから」

ただ天花を育てるだけだと思われている花守の仕事はそれだけではない。季節ごとに四季家が主催する儀礼には参加しなければならないし、当然春家が担当する儀礼もある。広大な百花園を管理することだけでも十分すぎるほど大変なのに、なかなか理解はされない。

そして雪華は、理解されようともしていないように見える。

花梨はきっとそんな雪華を心配しているのだろう。青雲もその気持ちはわかる。

「それじゃあ、あとは俺がやります。あなたは報告書を読みながらでも少し休んでください」

「え、でも」

「顔色あんまりよくないですよ。さっきもふらついていたわけですし。疲れているんでしょう？」

邪気が増えた原因はわからないままだ。雪華にも疲れが溜《た》まってきているように見える。それなのに雪華は誰かに頼ったり甘えたりすることをしない。

「剪定のやり方だけ教えてください。臘梅は……確か向こうでしたよね」

さすがに青雲も、もう百花園の中で迷ったりしないし、花の種類も覚え始めている。今はまだ臘梅が咲いていないのであまり自信はないが。

「あ、それなら私がお教えします！」

はいはい、と元気よく花梨が手を挙げて主張し、雪華から奪うように剪定鋏《ばさみ》を受け取る。

「雪華様には夜もお務めはあるわけですし、ここは青雲様に甘えさせてもらいましょ！」

そう言って花梨が強引に雪華を小屋へと押し込めた。報告書を読む必要があるとしても、これで少しは休憩になるだろう。

花守である雪華には多くの責任がのしかかっている。邪気が増えているのに原因がわからずにいることに、雪華も責任を感じているはずだ。

「……ありがとうございます、雪華様を気遣っていただいて」

青雲が少し緊張しながら腊梅のどの枝を切るか都度確認を取りつつ作業をしていると、花梨が口を開いた。

「雪華様は誰かに頼ることが苦手な方なので、青雲様がいてくださるのは本当に助かっているんです」

頼られているわけではないだろうけど、と苦笑しながら青雲は作業の手を止めずに耳を傾ける。代わりにやっておくと言ったのだから、しっかり仕事はしておかなくては。

「それに、力仕事が多いですから。男手があるのも助かるんです」

「やってみるまでは知らなかったんですが、けっこう体力いりますよね」

たくさんの花に水をやったり、植え替えなどのために土を運んだり、想像以上に力仕事が多い。武官である青雲が運動不足にならない程度には身体を使っている。本当ならもっと男手があったほうがいいんだろう。

「そうなんです！……でも、雪華様は男の人を近づけないので」

「男の人、苦手ですもんね」

雪華は碧蓮城でも頑なに男性とは話そうとしなかった。青雲の陰に隠れて息を潜めている様子は警戒心の強い小動物のようだった。

「苦手ではなく嫌いなんだ、と雪華様ならおっしゃいますね。私にも理由は話してくださいませんけど……」

苦手ではなく、嫌い。訂正された言葉の違いを青雲は考えた。似ているようで違う。

確かに雪華は男性を避けているけれど、皓月のように初対面でも平気な人はいる。皓月の場合は幽霊だったから平気なのかもしれない。だが青雲と出会った時も心構えがあったからなのか、比較的普通だった——ように思う。

少し悲しそうな顔で、花梨はぽつりと呟《つぶや》く。

「……美しい花は、それだけたくさんのものを引き寄せますから」

——良いものも、悪いものも。

花梨の言葉を聞きながら、青雲は雪華の姿を思い浮かべる。花に集まるのが蝶《ちょう》だけではないように、美しさに魅入られてしまうのは善良なものだけとは限らない。


臘梅《ろうばい》の剪定《せんてい》を終えても時間は余った。花梨は既に帰ってしまったし、後片付けも済んでいる。手持ち無沙汰《ぶさた》になった青雲は百花園をうろうろとした結果、温室の片隅にまとめられた、壊れた古い道具類を見つける。

「修理すればまだ使えそうだな……」

おそらく雪華もそう考えて捨てずにいたのだろう。修理する暇も近頃はなかったはずだ。

いくつかの道具の修理を終えると、温室の扉が開く音がした。顔を上げると少し顔色のよくなった雪華が立っている。

「ここにいたんですか」

「剪定が終わったあと暇だったので……このあたり、勝手に修理してしまったんですけど」

「ああ、ありがとうございます。助かります。そのうちやろうと思っていて放置していたので……」

雪華は喜んでくれているようだが、少し表情が硬い。どうしたんだろうかと青雲が口を開きかけると、雪華と目が合った。

翡翠色《ひすいいろ》の目がまっすぐに青雲を見上げてくる。雪華の目は大きく、真正面から見つめられると少し威圧感がある。

「今夜は、目的の幽鬼が決まっています」

「もしかして花梨さんが持ってきた報告の……？」

「はい。北の大銀杏《おおいちょう》のあたりで彷徨《さまよ》っているそうです」

大銀杏。

蓬陽の北には冬家の邸《やしき》がある。当然、青雲もその周辺には詳しい。雪華が言う大銀杏のこともすぐにわかった。

雪華はゆっくりと瞬《まばた》きをしたあとで、気遣わしげに青雲を見て言葉を続ける。

「名は黒　良順《りょうじゅん》。……あなたの知り合いですよね」

青雲はすぐに答えられなかった。

否定したかったわけではない。けれど知り合いという言葉では足りない。良順との関係は一言で説明できる気がしなくて、青雲は言葉を詰まらせることしかできなかった。

良順が死してなお、幽霊として地上に留《とど》まっていることは知っていた。知っていたけれど、青雲は大銀杏に近寄らず直接その姿を確認することを避けていた。

青雲は声を出そうとしたがかすれた息だけが零《こぼ》れた。心臓が激しく波打つ。

「りょ、良順が……鬼になったんですか……？」

どうにか吐き出した声は震えていた。

大銀杏のあたりで良順が幽霊となって彷徨っている。それは冬家でも話題になっていた。だからこそ良順の死後、その様子は逐一報告されていた。少し前に、もうほとんど消えかかっていると聞いたばかりだ。

「いいえ……まだ。ですが邪気が集まってきていると報告があったので」

雪華の言葉に青雲はほっとした。ほっとしてしまったことを恥じた。

できることなら斬りたくない。そんな自分の心が透けて見えてくるようだ。鬼を斬るという大事なお役目をなんだと思っているのか。

「それなら急ぎましょう」

弱い自分を振り切るように、青雲は早口で告げた。落ち着いて、気を引き締めなければと言い聞かせながらも気持ちは焦る。

まだ日は暮れていない。空に浮かぶ灰色の雲がどこか不穏げに赤く染まっている。

雪華は何か言いたげに青雲を見上げたあと、口を噤《つぐ》んだが、急ぎ身を翻した青雲には見えなかった。

気が急《せ》いて青雲の歩みはいつもより速くなった。これまで良順のことを見て見ぬふりしてきたくせにと嘲笑《あざわら》う自分もいて、気が滅入《めい》る。避け続けることができないのなら、少しでも早く解決したい。そうすれば逃げてきた自分を正当化できるとでも思っているのかもしれない。

「ま、待って、ください」

ぜぇぜぇと息を切らしながらついてくる雪華に気づいて青雲は慌てて足を止める。歩幅も体力も違うのに気にかける余裕がなかった。

「すみません、速かったですね」

「足の長さの違いを恨みたくなりました」

それは背の高さが違うので仕方ないのでは、と思いながら、息を整える雪華を見ると申し訳なさが増してくる。

「……すみません」

青雲は小さくもう一度繰り返した。

雪華はそんな青雲を見て手招きをする。なんだろうと歩み寄ると「少し屈《かが》んでください」と言われた。こんなに近づいても平気なんだろうかと思いつつ言われるままに屈むと、頬を抓《つね》られる。

「ふぁにするんでふか」

「あなた、謝ってばかりいるの、やめたほうがいいですよ」

そう言いながらまだぐにぐにと頰を抓ってくる。ちぎれるほどとは言わないが、普通に痛い。

「急ぎたくなるのも、焦るのも、わたしにだってわかります。そんなことで謝らないでください」

誰も悪くないんだから、と雪華は言う。

青雲を気づかってくれていることが伝わる、優しい声だった。

でも違う、と青雲は目を伏せる。青雲が悪い。ずっと、ずっと、青雲が悪かった。雪華に気づかわれる資格が青雲にはないのだ。

「……良順に未練があるとすれば、きっと俺なんですよ」

懺悔《ざんげ》するように青雲は小さく吐いた。

頰を離れた雪華の手を、青雲はふわりと軽く握る。振り払われなかった。本当に頼りない小さな手なのに、青雲にはとても頼もしく感じる時がある。

「このまま良順が鬼になってしまったとしたら、それはあいつと向き合うことを避けてきた俺の責任です」

幽霊をこの世に留めるのは生前の強い後悔や未練だ。心残りがあると人は冥界《めいかい》へ行くことができない。地上に縛りつけられて、その心残りが消えない限りはこの世を彷徨う亡者となる。その亡者の成れの果てが鬼という化け物だ。

「あなたのことが未練って……どうして……？」

不思議そうにこちらを見上げる雪華の手を離し、青雲は微笑んだ。

「歩きながら話しましょうか」

雪華が息を切らせて走るほどではなくても、早めに解決したほうがいいことだ。雪華がそう判断した。それに良順は武官だった。その良順が理性を無くした鬼となってしまったら人を傷つけることになるかもしれない。

「俺は、昔から目立つことが苦手だったんです。団体行動とかも嫌いで、だから人と足並みを揃えるのとか得意ではなくて」

「そうなんですか？」

雪華が驚いたように目を丸くしている。そう、雪華とはわりとうまくやれているのだ。お互いを尊重し、どうにか協調して行動できている——と少なくとも青雲は思っている。

「報告書に、良順のことはなんと書いてありました？」

「冬家の分家、黒家の一員で……あなたの幼馴染《おさななじみ》であり従者であったと」

報告書は随分しっかりと調べられたものだったらしい。少なくとも雪華はその報告書から青雲にとって良順が特別な人だったのだと読み取ったのだ。

「そうです。実際は口うるさい兄貴分みたいなものでした。目立ちたくないとわざと手を抜いたりするとあとから叱られていましたから」

「どうして？」

これは、『どうして目立ちたくないんですか』ということだろう。雪華も男性の注目を集めたくないと言っていた。だからきっと、青雲にもちゃんと理由があるのだと察してくれているのだ。

「俺の兄は色持ちです。……銀の髪に青い目を持つ、今の冬家の当主です」

冬家には色持ちが二人いる。正統な色を持つ青雲の兄と、灰が混じったような灰色の髪に灰青色の目を持つ青雲が。だが冬家では秋家の双子が誕生した時のような大きな混乱はなかった。

「兄は長男でしたし、色に濁りもありませんでしたから、誰もが兄を跡継ぎとして認めていました。だけど、兄は身体が弱かった」

武門である冬家において、病弱さは致命的な欠陥だった。

兄は剣を振るうことは得意ではない。厳しい鍛錬に耐えられるような身体ではなかったからだ。

「幼い頃……それで、病弱な兄より俺を次期当主にしてはどうかという話が出ていることを知ってしまったんです。俺は嫌でした」

青雲のなかでは兄が跡継ぎで、正統な色持ちだった。天の悪戯《いたずら》か何か知らないが、自分が半端に色を持って生まれたのは何かの間違いだと思っている。

だが本人の意思とは関係なく、そういう主張をする人間はどうしても現れた。

「だから俺は臆病者《おくびょう》で情けない、冬家には相応《ふさわ》しくない男であろうと思ったんです。まぁ……まったくの嘘でもないですし」

「あなたはそんなに臆病者ではないでしょう」

これまでも雪華には十分情けない姿を見せてきたと思うのだが、雪華はむっとした顔をして否定してくる。

「幽鬼が怖いって、臆病者って言えるんですよ、冬家では。……七歳くらいの頃だったかな。俺、幽鬼狩りに行く父のあとをついて行って、幽鬼に襲われたことがあるんです」

今でも思い出したくない過去だ。父の役に立つんだとついて行って、結局は邪魔になっただけだった。

「えっ……怪我はしませんでしたか？」

「大丈夫でした。父がすぐに助けてくれたので無傷です」

青雲がそう答えると雪華は小さく「良かった」と笑う。そして首を傾げながら青雲を見上げた。

「それがきっかけで幽霊や幽鬼が嫌いになったんですか？」

「そうです。だって本当に、殴ろうとしても斬ろうとしても効果ないんですよ」

今でこそ青雲は祓鬼剣のおかげで幽鬼とも戦えるが、七歳の頃の青雲は当然、祓鬼剣を持っていない。祓鬼剣を振るえるほどの力もなかった。あの時の幽鬼のおぞましい姿を今も覚えている。

優しくて幽鬼が怖い。それだけで周りは「情けない」「軟弱者」と青雲を侮ってくれた。自分の評価が下がれば必然的に多くの人が兄を支持したし、青雲を当主になんて言い出す者はいなくなった。

けれど良順はいつも怒っていた。青雲を臆病者と笑う人間に、自分の実力を発揮しようとしない青雲に。青雲は武官になる前も、なってからも、訓練の時はいつも手を抜かないが本気にもなっていなかった。そこそこの評価になるように、目立たないように意識していた。

「でも、良順と一緒に鍛錬するときだけは全力でやれたので楽しかったなぁ……」

雪華に聞かせるためではない、ただの本音がぽつりと落ちた。

「良順はいつも言っていました。何も気にすることはない、ちゃんと実力を発揮すべきだ、そうすれば俺を馬鹿にする人達は黙るだろうって」

別に馬鹿にされようが嘲笑われようがどうでもよかった。賢く優しい兄の障害になることのほうが嫌だった。

「こんな不甲斐《ふがい》ない俺に対して怒っているんですよ、きっと」

「……それはどうでしょう」

聞き役に徹していた雪華が口を開いた。

「あなたを不甲斐ないと思うような人だったのなら、そもそも怒りませんよ。あなたのことを好きだったからこそ、周囲から侮られるのが許せなかったんじゃないですか？」

「そんなわけ……」

ない、とは断言できなかった。

良順は気持ちのいい男だった。いいことはいい、駄目なことは駄目だと白黒はっきりとした性格で、青雲が幽鬼は殴れないから気味が悪い、嫌いだと言っても『まぁ殴れないものは不気味ですよね』と言って、情けない奴だなんて笑うことは一切なかった。怖いものがあることは、良順のなかで悪いことではなく当たり前のことだった。

でもそれならどうして良順は地上に縛り付けられたままなのだろう。良順をこの世に留《とど》める心残りが自分への怒りではないのだとしたら、なんなんだろう。青雲にはさっぱり思い浮かばなかった。

「もう、じれったいですね！　気になるなら本人に聞いてみればいいでしょう」

もごもごと口籠《くちごも》った青雲の手を、雪華が握った。

「え、ちょっと」

「さっさと確かめて、その萎《しお》れた顔をどうにかしてください！」

雪華は青雲の手を摑《つか》んだまま走り出した。歩幅が違うので青雲は危うく雪華を巻き込んで転びそうになったが、どうにか持ちこたえる。前を走る雪華の華奢《きゃしゃ》な背中が、空高く枝葉を伸ばす樹のように頼もしく見えた。

大銀杏《おおいちょう》は樹齢百年近くあるのではと思わせるほどにたくましい幹と枝を広げてその広場に鎮座している。鮮やかな黄色の葉は昼間なら青空に映えてさぞ美しいだろう。夜闇をいっそう濃くするように周囲に邪気が漂っている。息をすることすら躊躇《ためら》われるほどだ。

辿《たど》り着いたときには日が暮れていた。夜闇をいっそう濃くするように周囲に邪気が漂っている。


「嘘……！　邪気が多すぎる……！」

どうして、と雪華は呟《つぶや》いた。

目的の大銀杏の根元には良順が佇《たたず》んでいた。その姿はびっしょりと濡《ぬ》れている。良順が死んだのはひどい嵐の夜だった。まだ鬼になっていなくて良かった。良順は良順のまだ。

「良順！」

『せいうん、さま』

良順がかすれた声で青雲の名を呟く。繰り返し、繰り返し、青雲の名前ばかりを呟いている。邪気の影響を強く受け始めている証拠だった。青雲は思わず良順に駆け寄る。

『せい、うん、さま』

良順の口から青雲の名が呟かれる。

それに青雲が応《こた》える暇もなく、良順の足元から青黒い靄《もや》のような邪気が湧き上がった。足から邪気に呑《の》み込まれていく様はまるで捕食されているようにも見える。良順の虚《うつ》ろな黒い瞳《ひとみ》はそれでも青雲を見ているようだった。

青黒い靄が良順の全身を包み込んだあとで、一際強く邪気が噴き出す。その強い勢いに吹き飛ばされて、青雲の身体は雪華の傍まで転がった。

「大丈夫ですか!?　怪我は!?」

転がった青雲に雪華が駆け寄る。咄嗟《とっさ》に受け身をとったので怪我はない。

「平気です。それよりも……」

「……間に合いませんでした。わたしが判断を間違えました」

良順は鬼になってしまう。

おそらく雪華は、こうなる前に手を打とうと今夜ここにやってきたのだろう。

「いいえ、予想できなかったと思います」

今の蓬陽は異常だ。

邪気が増し、幽鬼の数が増えている。その上でどの幽霊が今夜鬼に成り果てるかなんて予想できるはずがない。

たまたま、良順だっただけだ。

「俺がもっと早く、良順の後悔を晴らしてやれていたら良かったんですよ。危ないので雪華さんは離れていてください」

青雲は苦笑し、祓鬼剣を握って立ち上がる。

鬼となってしまえば、斬るしかない。もう雪華が天花で浄化して冥界《めいかい》に送ってやることはできないのだ。

青黒い靄に包まれた良順は、すっかりもとの姿ではなくなっていた。二足歩行をしているだけの化け物だ。その姿は靄と泥にまみれ、生前の顔すら判別できなくなっている。

こんな姿になる前にきちんと向き合えていたら良かった。そんな後悔が青雲の胸の奥で渦巻いている。もう後悔はしたくない。ここでやらなければ絶対に後悔する。青雲は剣を握り直し気を引き締めた。

青雲は良順だった鬼を見据え、祓鬼剣で斬りかかった。今夜ばかりは雪華の目を頼りにはしない。良順からは目を逸《そ》らしたくなかった。

良順は剣なんて持っていなかったのに、身体の一部――腕がまるで剣のように変化している。かつてそうだったように、何度か打ち合う。その動きは生前の良順のままで、青雲は驚いて目を見開いた。打ち合いは何度も続く。青雲の剣が防がれ、良順の剣を打ち返す。

不謹慎にも楽しい、と思った。

あの頃のままだ。鬼となっても根本的なものは変わらないのか、それとも変わらないほどに良順の魂に染み付いているのか。いつかの稽古《けいこ》のように、剣戟《けんげき》は続く。

だが決着はつかず、邪気は増すばかりだ。このままでは青雲か良順の力が尽きるまで打ち合いは続くだろう。

「精油を変えます！」

雪華は手早く灯りに使っていた精油を変える。これまで幽鬼狩りのときには茴香《ういきょう》の香りを使っていたが、清涼感のある馴染《なじ》みの香りに変わった。

「銀桂《ぎんけい》……」

秋がくると、いつもこの香りを嗅《か》いでいた。青雲がそうなのだから、共に過ごしていた良順もそう感じるはずだ。しかし雪華はなかなか薄まらない邪気に苛立《いらだ》ちと焦りを感じているように見える。

「駄目、まだ足りない。邪気を薄めれば、もしかしたら少しは……！」

言葉を交わせるかもしれない。そんな一縷《いちる》の望みをかけて雪華は祈るように銀桂の精油の小瓶を強く握りしめると、その小瓶を投げた。地面に叩《たた》きつけられた小瓶は割れて、銀桂のやわらかく優しい香りが強く広がる。

青雲は良順にもう一度斬りかかった。その剣は良順に強く弾《はじ》かれる。それでも諦《あきら》めずに青雲は良順の周りの邪気ごと斬るように剣を振るった。

青雲の祓鬼剣と、良順の腕がぶつかり合う。斬り結んだ瞬間に青雲は口を開いた。

「良順、おまえは――」

恨んでいるか。怒っているか。なんと問うべきか悩んだ青雲を見て良順は笑った。青黒い靄がわずかに薄れ、笑った顔が見えた。

『青雲さま、もっと、自由に……』

薄れたとはいえ、完全に邪気が消え去ったわけではない。邪気に包まれながら良順がそう吐き出した。その目ははっきりと青雲を見ている。天花である銀桂の香りが少し良順を引き戻したのだろう。

『楽しかったですねぇ、二人で鍛錬するのは。あなたは剣が好きなんですから……もっと自由に、やっていいんですよ』

良順の喉元《のどもと》まで再び邪気が迫っていて息苦しそうだった。言葉を吐くのもやっとという様子なのに、良順は青雲を見て笑っている。

そうだ、楽しかった。青雲もいつも楽しんでいた。手加減も手抜きもいらない、ただ己を高め合うためだけに鍛錬に集中できた。これから何度でも、二人で鍛錬することができると思っていた。

「良順……今、楽にしてやる」

ぐっと剣を握り直して青雲が告げる。青雲のその声に、表情に、良順は満足そうに笑った。

『……強くなりましたね、青雲様』

幽霊とか、怖がるくせに。良順がそう言いながら、目を閉じた。

そんな良順の姿に青雲は言葉が喉《のど》に張り付いたように、何も言えなかった。幽霊だからおまえを避けていたんじゃない、おまえのことを怖いなんて思うはずがないと、そう言いたいのに。

青雲は剣を振り上げ、良順の首を切り落とした。青黒い靄が霧散し、良順は灰となって消えていく。

「……俺も楽しかったよ、いつも」

消えゆく友の名残を見つめながら小さく呟いた。強い銀桂の香りだけがその場に留《とど》まる。だがそれも朝日が昇る前には薄れて消えてしまうだろう。

剣を鞘《さや》にしまい、雪華のもとへと歩み寄る。途中で割れた小瓶を見つけて青雲は破片を拾った。

「……すみません、俺がもたもたしていたせいで、貴重な精油を余分に使わせてしまいましたね」

精油を作るには大量の花が必要になると聞いている。雪華はこれまで精油を一度に大量に使うことはほとんどなかった。それを使わせてしまった。

「百花園にはまだありますし、必要だから使ったんです。気にしないでください」

「でも……」

「また頬を抓《つね》られたいんですか」

雪華がじとりと睨《にら》んできて、青雲は苦笑しながら「いえ」と答えた。その青雲を見て雪華は眉《まゆ》を寄せる。

「……それじゃあ今日は帰りましょう」

「え、もう帰るんですか？」

雪華が早くも帰ろうとするので思わず聞き返した。今日はろくな見回りもしていない。

「今日はもういいでしょう。……あなた、疲れたって顔をしてます」

雪華の言うとおり精神的にも肉体的にも疲れている。今夜は素直に甘えて終わりにしてもいいだろう。

――銀桂の香りがする。

精油の香りか、それともどこか近くで銀桂が咲いているんだろうか。懐かしさと同時ににじわりと涙が滲《にじ》んで青雲は空を見上げた。

「……帰りがてら、昔話に付き合ってくれますか？」

空を見上げたまま問う。雪華からの返事はなかったが、その無言が答えだと思うことにした。大きな独り言になってもいい。

灰混じりと呼ばれるようになったのは、青雲が目立つのを避け始めた頃からだった。

冬家には既に正統な色持ちの兄がいる。本来色を持つ者が生まれたあとは数十年、色持ちは生まれてこない。しかし青雲は中途半端な色を持って生まれてきた。

銀というには輝く要素のない、鈍い灰色の髪。澄んだ青にはほど遠い、青灰色の瞳《ひとみ》。

それらは冬家の色だというにはあまりにも半端で、しかしどうみても黒髪黒目には見えない。なぜまた色持ちが生まれたのか、と騒ぎにもなった。

「俺がこんな半端な色だったので、冬家のなかでも扱いに困っている感じがあったんです」

大人ですらどう扱えばいいのかわからない青雲は、冬家の従兄弟《いとこ》たちにとっては異質そのものだった。その上、従兄弟たちには青雲が幽鬼に襲われたことも知られてしまった。

「俺は幽鬼を怖がる臆病《おくびょう》者だって従兄弟たちからは馬鹿にされて……子どもの頃、そいつらにいじめられるたびに助けに来たのが良順でした」

冬家においては強さこそが己の価値の証明だ。幼いとはいえそれを為《な》し得ず、まして幽鬼を怖がるようになった青雲は冬家の従兄弟たちにとって格下の相手になったのだ。

「そういえば、その時もいつもあいつは怒っていたな。俺は悪くない、強さと暴力をはき違えている馬鹿の相手なんてしなくていいって言って……」

「本当にお兄さんみたいですね」

雪華がぽつりと呟《つぶや》いたので青雲はそうかな、と思う。そしてすぐにそうだな、と認めた。良順はもう一人の兄のようなものだった。

亡くなったときにも感じた喪失感が胸のなかに湧き上がってくる。歩を進めるごとに銀桂の香りが遠のいていくのがまた寂しさを刺激してきた。

「あ、でも親兄姉は俺のことを大事にしてくれているんですよ？　兄も『きっと青雲は僕の片腕として活躍するってことだよ』と言ってくれていますし。だから今もこうして代理をしていますし」

寂しさを紛らわせるようにわざと明るい声で青雲は言った。親兄姉には愛され、認めてくれる良順もいて、だからこそ青雲はひねくれることなく真っ直ぐに育った。

兄が言うように、兄に代わって危険な任務をこなせるようになろう。中途半端でも冬家に相応《ふさわ》しい人間になろう、と。

「大きくなってから、従兄弟連中は俺をうまく使ってきたんですよね。ご存知の通り冬家は武官一族ですから、面倒な場所の警備の担当を押しつけられたりとかして」

別にそれは構わなかった。押しつけられるような警備の仕事は、よほどのことがなければ目立つことはない。華やかな場での活躍を求めた従兄弟たちはそういう仕事をやりたがり、地味な警備は青雲に押しつけてきた。

「……陛下の護衛官となってからは、それでも減っていたんですよ。俺は忙しくてそれどころじゃないですし、そもそも顔を合わせる機会が減りましたから」

もちろん従兄弟たちはどうしておまえが護衛官にと不満げだったが、皇帝の決定に大きな声で文句も言えなかったのだろう。

忙しくはなったが平穏だった。

けれど一年前。良順が死んだ、あの日。

「——嵐の日でした。俺は非番だったんですが、運悪く従兄弟と鉢合わせして」

今でも青雲ははっきりと思い出せる。風が強く、邸《やしき》も軋《きし》んだ音をたてていた。

『ちょうどいい！　俺、今日は夜勤なんだよ。でもこの嵐だろう？　俺、この間足を捻《ひね》ってさぁ……。代わってくれるよな？』

従兄弟はどこも悪くなさそうなくらいに元気だったが、青雲は断るのも面倒で頷《うなず》いた。

『青雲様！　今日は非番のはずでしょう！　休んでください……！』

『そうは言っても、夜勤を代われと言われてしまったから』

押しつけてきた従兄弟は出世もできず門番止まりの男だ。昇進しても問題を起こしては降格されている。

きっと周りに迷惑をかけているのだろう。青雲が行かなければ、さらに迷惑を重ねることになるし、冬家の恥にもなる。

『この嵐の中、危険ですよ……！』

『大丈夫だよ良順。俺ももう子どもじゃないんだから』

いつも良順に助けられてきた青雲だけれど、二十一歳になっていた。体格だけは良順とそう変わらないほど立派になったし、体力もついた。

外は傘など意味もないほどの大雨で、雨粒が痛いと感じるほど強く肌を打ち付けてくる。

良順と言い合いながら、そばにいてもお互いの声がとても遠くて、青雲は早く邸に戻れと言おうとした時だった。

そばの大銀杏《おおいちょう》が、みしみしと音をたてた。その太い枝のひとつが折れて、良順を下敷きにしたのだった。

「……良順は頭を強く打って、助かりませんでした」

青雲は今でも思う。

なぜ折れた枝は青雲の上に落ちてこなかったんだろう、と。死ぬべきだったのは自分ではないのか。どうして良順が死ななければならなかったのか。あの夜、青雲が従兄弟の頼みなど聞かなければあんなことにはならなかったんじゃないのか。

「面白くない話でしたよね、すみません」

青雲が苦笑すると、雪華はむっと表情を強張《こわば》らせた。

「だからあなたはなんでそう簡単に謝るんですか。面白いとか面白くないなんて関係ないでしょう」

雪華が怒りながらそう言ってくるので、青雲は困ったように眉を下げる。

「すみませ……」

「ほらまた」

「ああ、ほんとだ。すっかり口癖になっていますね。そういえば良順にもよく言われていた気がします」

すぐに謝るのは悪い癖だと。すっかり染みついていてたぶんもう治らないだろう。まぁ別に困らないのでいいかと思っていると、その青雲の内心を見透かしたのか雪華が睨んでくる。

「あなたはその髪と瞳を中途半端というけど、別にいいじゃない、中途半端でも。あなたは選べるってことだもの」

「え……」

青雲は思わず言葉を呑《の》んだ。思いがけないことを言われている。

「生まれた瞬間に将来が定められている。それが色持ちの運命だけど、あなたはどちらにでもなれるってことでしょう?」

雪華の翡翠色《ひすいいろ》の大きな瞳が、青雲をまっすぐに見つめてくる。その瞳は嘘偽りがなく、どこまでも真摯《しんし》だった。

色を持たない人間として生きるか。

色持ちとして定められた道を行くか。

青雲はどちらでもない。どちらでもないということは、どちらにもなれるということだ。

そんなこと、青雲は考えたこともなかった。そしてそう言う雪華は選ぶことすらできないのだと気づかされる。彼女は生まれたときには花守としての運命を背負うことが決まっていたのだ。

「良順さんが言っていたじゃないですか、もっと自由にって。あなたはきっと、もっと好きに生きてみるべきだわ」

——あなたはそれが出来ないじゃないですか。

零《こぼ》れかけた言葉を呑み込んで青雲は「そうですね」と笑って誤魔化した。雪華は堂々と胸を張りながら「そうよ」と言い切る。その姿からは雪華の抱える運命の重さは感じないのに、どこか不自由に見えた。

碧蓮城に来い、という珀凰からの呼び出しがあったのは、良順の件から数日経った頃だった。

雪華がとても渋い顔をしたので青雲はそれなら一人で行ってきます、と提案して百花園を出た。頻繁に碧蓮城に行くことは雪華には負担になるだろうし、今回は二人で来いとは言われていない。

青雲が珀凰の執務室に到着すると、ちょうど瑞月が書簡を珀凰に渡しているところだった。珀凰は書簡の多さにうんざりした顔をしている。

青雲が一通りの報告をしても珀凰は書簡から目を離さずに聞いていた。

「幽鬼の件も邪気の件も変わりないみたいだね。むしろ邪気の影響を受けて鬼になる数は増える一方だ」

「明らかな異常であることはわかるんですが……原因は未だわかりません。というか、何が原因になっているか、手がかりすら見つかっていない状況です」

すみません、と言おうとして青雲はなんとなく言葉を呑み込んだ。雪華がそばにいるわけでもないのに、またすぐに謝るなと怒られそうな気がした。

「幽鬼や邪気については春家の専門分野なんだけどね……頼れる年長の者はほとんどい

ない」

「そう、ですね……」

蓬陽にいる春家の人間はある事件が原因で減っている。いくら雪華が十一歳から花守の務めを果たしているといっても、経験に勝る知識はないだろう。

「……たった一人で背負うには、あまりに重すぎますね」

「なんのこと？　雪華の話？」

独り言のつもりだったのに、珀凰に聞こえていたらしい。珀凰が顔を上げ、首を傾げながら青雲を見ている。雪華のことだと言い当てられて、青雲は小さく頷いた。

「雪華さんというか、花守というか……生まれたときには、自分の役目が決められているわけですから」

語尾に近づくにつれて、青雲の声が小さくなる。

「雪華というより、色持ちの話かな。もしかして、彼女に何か言われた？」

珀凰にはお見通しらしい。青雲は苦笑しながら、おずおずと口を開く。

「……俺は中途半端だからこそ選べるだろう、と」

なるほど、と珀凰は笑う。

中途半端という言葉を否定する様子もない。青雲の立ち位置を珀凰は十分に理解していた。

珀凰は楽しげな様子で瑞月を見る。

「瑞月はどうだった？　色持ちとして生まれて」

「――陛下」

本来の名で呼ばれたことに、瑞月は眉《まゆ》を寄せる。しかし珀凰はそれがどうしたと言うように微笑み返した。

幸い、今は執務室には他に人はいない。許可なく立ち寄る者もいないのだから、名前を呼んだくらいで瑞月の秘密が広まる心配はないだろう。それに珀凰なら、たとえ「瑞月」と呼んだところを聞かれてもうまく言いくるめてしまえそうだ。

「……私の場合は、一人だったわけではないのでそれほど重いと感じたことはありませんよ」

瑞月はすぐに観念して口を開く。

色持ちとして生まれた瑞月は、同時に皓月という片割れがいた。そして瑞月自身は役目を継ぐ予定はなかった。

「陛下や花守殿の役目の重さは、私と比べられるものではないでしょう。私の場合、出来が悪くても他の優秀な者が陛下を支えることになるだけです。しかし唯一無二の役目となれば……逃げることは、できませんから」

たとえば秋家の色持ちに才能がなかろうと、宰相は別の人間がやればいい。冬家も似たようなものだ。実際、当主である兄の仕事の一部は青雲が請け負っている。

しかし花守や帝《みかど》には、代わりがいない。やりたくないから他の誰かがやればいい、なんてことは通用しない。

「私はそこまで負担に感じたことはないけどね？　優秀な者がこうして気遣ってくれているわけだし」

「そ、そうであるなら、光栄なことですけど……」

遠回しに珀凰に褒められて、瑞月も照れているらしい。珍しいこともあるなと青雲は思った。珀凰が人を褒めるなんて、滅多にないのに。

「……雪華のことが気になる？」

目を細め、楽しげな色を滲《にじ》ませながら珀凰が問いかける。青雲はそんな珀凰の表情にはさっぱり気づかずに真面目な顔をしていた。

「そうですね、誰かに頼ることが苦手みたいなので、どうにかしてあげられればとは思います」

「うーん……期待していた甘い返答ではないけど、まぁいいか。瑞月、隠蔽《いんぺい》工作は頼んだよ」

珀凰が目配せすると、瑞月は小さくため息を吐く。

「……長くは持ちませんからね」

「そう長居はしないから大丈夫だよ」

珀凰と瑞月のやり取りに、青雲は首を傾げる。隠蔽工作とはなんのことだろうか。珀凰は多くを語っていないのに、それだけでも十分に瑞月には伝わっているらしい。

珀凰は立ち上がり、にっこりと笑いながら青雲を見た。

「それじゃあ、雪華についても幽鬼についても詳しそうな人に会いに行こうか」

「……はい？」

青雲が戸惑っている間に珀凰は素早く隣の部屋で着替えて、比較的動きやすい姿になる。瑞月は慣れているのか驚きもせず仕事をしている。

「それじゃあ瑞月、あとは頼んだよ」

「はい、お気をつけて」

珀凰はひらひらと手を振り青雲を連れて執務室を出た。青雲は何がどうなっているのかさっぱりわからない。

その後は人目を避け、普段は誰にも使われていない門を通ってこっそりと碧蓮城を出た。

随分と手慣《てな》れている。こんなところに門があることすら、青雲は知らなかった。

「……それで、その、どこに向かっているんですか？」

珀凰と一緒に馬車に詰め込まれた青雲は身を縮めながら問いかける。

馬車はとても帝が乗るような立派な作りのものではなく、下級貴族が使うものだ。それでも乗り心地は悪くない――ということは珀凰がこうしてお忍びで出かけるときのためにあるものなのだろう。

「春家だけど」

「え？　春家の邸《やしき》は今使っていないんですよね？」

雪華は住んでいないし、雪華の他に春家の人間も使っていないらしい。空き家だ。誰かに貸し出しているわけでもないはずだ。

「そうだね、誰も住んでいないよ。蒼家が手入れはしているから荒れ果ててはいないみたいだけど」

「それじゃあ、資料でも探しに行くんですか？」

皇帝自らそんなことをするんだろうか。それとも青雲に任せるだけ任せて見ているだけなのか。邸を管理しているのが蒼家なら、その人間にでも命じればすむ話だ。

「人に会いに行くって言ったはずだけど？」

何を言っているのと珀凰が笑うが、青雲はますます混乱していた。

「……誰も住んでいないんですよね？」

「誰も住みたくないだろうね、あの邸には。あそこは春家が一番秘密にしておきたい場所だよ」

「秘密……ですか？」

不思議そうに首を傾げる青雲に、珀凰はくすりと笑う。

「そう、秘密。私の他には雪華と……蒼家の数人しか知らないんじゃないかな。王都にいる春家の人間でも知っている者がいるかどうか……」

「そ、それは俺が知っていいんですか？」

青雲は困惑しながら問う。雪華に断りもなく他家の青雲が知っていいことなんだろうか。

「雪華もたぶん怒らないよ。でもこの件に関して雪華はまだ迷っているだろうからね。青雲には私から教えておこうと思って」

珀凰は平然とそう言っている。だがその内容はまだ漠然としていて青雲にはよくわからない。春家の邸についたらわかるんだろうか？

悶々《もんもん》とした様子の青雲を見て珀凰は笑う。そしてその琥珀色《こはくいろ》の瞳《ひとみ》で青雲を静かに見据えた。

「――七年前のことを青雲はどれだけ知っている？」

七年前。

春家。

その二つの話をしていたのだから、珀凰が示すのは必然的にひとつに絞られる。

「……その頃は父と共に地方に遠征していましたから、人伝《ひとづて》にしか聞いていません」

青雲が初めて戦いに出た時のことだ。地方の小競り合いの仲裁に行っただけなので、それほど激しい戦いではなかった。蓬陽に帰ってきてから、不在の間に起きていたことを聞いて背筋が凍りついたのを今でも覚えている。

「あれは宰相も冬家の当主も不在だったからこそ起きたことだしね」

帝を止めることのできる人間がいなかった、と珀凰は呟《つぶや》く。七年前の帝とは、つまり珀凰の父である先帝だ。

「花守は後宮の花にあらず。聞いたことはあるだろう？」

「もちろんです」

「帝と花守は志葵国を支える重要な二つの柱。それは決して交わることはない。建国の時から定められた何があっても破ってはいけない誓いだ」

春家——花守は、傾国と謳《うた》われてもおかしくないほど美しい者であることが多い。歴代の帝たちはその美しさを後宮に閉じ込めたいと何度願ったことだろうか。

しかしそれは禁じられている。

望むものはなんでも手に入るであろうこの国の至高の人は、花守というたった一人の花だけは手折ることができない。

「七年前、先帝は誓いを無視して花守を後宮に迎えようとした。その時の花守が、雪華の母である春香蘭だ」

雪華が十一歳になった頃だ。

先帝曰《いわ》く、次代の花守がそこまで育ったのなら良いだろう、代わりがいるのだから、と。誰も止めることはできなかった。諫《いさ》めるべき秋家の宰相も、冬家の将軍もそのとき蓬陽にいなかった。

帝に歯向かうだけの力を春家は持たなかった。力を貸してくれるような名家との繋《つな》がりもろくになかった。

「春香蘭は春家の当主に殺され、当主は邸で自害。それに激昂《げきこう》した先帝は、春家の当主一族を処刑した」

もともと一族の数が少なかった春家はそれでさらに数を減らし、生き残った者も多くは蓬陽から出て行ったという。わずかに残っている春家の人間も、元の邸には住みつかず別邸で息を潜めるようにして暮らしている。

先帝の政に関する手腕は誰もが認めていたが、その好色さは大きな悩みの種でもあった。まさか花守にまで手を出そうとは、誰も想像できなかっただろう。

「……雪華は生かされた。花守を絶やすわけにはいかないからね」

花守となるべくして生まれ、花守だから生かされた。

今よりも幼い雪華の細い肩にのしかかる重みを想像して、青雲は静かに目を閉じた。

馬車は二人を乗せて静かに春家に向かって進んでいく。

数分の沈黙のあと、そういえばと珀凰は口を開いた。先程までの暗い話題など忘れたかのような、いつもと変わらぬ声音だった。青雲は、珀凰ほど上手に切り替えはできない。

もしかしたら、珀凰には雪華の気持ちが多少なりとも理解できるのかもしれない。瑞月の言っていたとおり、二人が背負うものの重みはとてもよく似ている。

おそらく、一番理解してあげられないのは青雲だろう。

「雪華の父親は先帝なんじゃ、なんていう噂もあるね」

「え？」

唐突すぎる話題に、青雲の口から呆《ほう》けた声が出る。

「もっと前に手は出していたけど、花守の役目もあるから後宮に入れられなかったんじゃないかってね」

後先考えずに手を出して花守を身籠《みごも》らせてしまったが、公にするわけにもいかずに父であるとは明かさなかったのではないだろうか。あるいは、春香蘭欲しさにさっさと後継を産ませて後宮に招くつもりだったんじゃないだろうか。憶測だけどね、と珀凰は言いながら当時のことを説明してくれる。

可能性としては大いにあった。そもそも常識のある帝《みかど》なら花守を後宮に、などと言い出すこと自体がありえないのだから。

「……初耳です」

「そんな下世話な噂をする者が周りにいなかったってことだ。誇るといいよ」

無責任な噂を流すような者は面白がっているだけだ。誠実な人間ならただの憶測や可能性は口にしないで自分の胸に留めておくだろう。それが死者にまつわることなら、なおさら。

珀凰は笑みを浮かべているが、その目は笑っていなかった。珀凰が下世話な噂話に対してどう思っているのかよくわかる目だ。

「春香蘭は未婚だったから、いろんな憶測も飛び交ったんだろう。真実を知る者はもうこの世にはいないわけだし」

誰も否定できないから、面白おかしく噂する者は一向に消えない。

雪華が帝という存在が嫌いなのも、おそらくは七年前のことが大きな原因なのだと思う。男嫌いに拍車がかかったのもそうだろう。

「……雪華さんも、自分の父親は誰なのか知らないんですか？」

無責任な噂をそのままにしておくということは、雪華自身も真実を知らないということだろうか。

「さて、どうだろう。その手の話はいつもはぐらかされるからなぁ。試しに聞いてみるかい？」

珀凰がそう言って笑うと同時に、目的地に到着する。

はぐらかされるとか聞いてみるとか、いったいどういうことだろうと珀凰の言葉に首を傾げる青雲だが、質問する機会はすっかり逃してしまった。

春家の邸の前に、ゆっくりと馬車が止まる。その門前には一人の男が立っていた。

「お待ちしておりました」

珀凰が馬車から降りると、深々と頭を下げる。顔の皺《しわ》に苦労が滲《にじ》み出ている男性だ。年頃は四十歳前後といったところだろうか。

「急にすまないね」

「いいえ」

急も急だ。珀凰が思い至ってからすぐに連絡が入ったとしても、出迎えるための準備をしている時間などなかったはずだ。珀凰と青雲を待っていたということは、彼は蒼家の人間なのだろう。

「彼は蒼燕雀。春家の邸《やしき》を管理している男だよ。百花園で会ったことはない？」

ぽかんと間抜けな顔をしている青雲に、珀凰が男性を紹介する。物覚えはいいほうじゃないが、さすがに会ったことがあれば顔を覚えているはずだ。

「ありません……許可されているもう一人はあなたでしたか」

雪華が話していた、百花園に立ち入ることを許可されている三人。玄鳥と、花梨、そして最後の一人がこの燕雀だ。

「ええ、私は主にこちらの管理に注力しておりますので」

燕雀はゆったりと頷《うなず》きながら門の鍵《かぎ》を開ける。

春家の邸の門扉は何年も人が住んでいないとは思えないほど立派で、きちんと手入れされていて傷んでもいない。燕雀がもとの状態を保ち続けているのだろう。だからこそ青雲も最初は雪華が春家の邸で暮らしていると当然のように思っていたのだ。おそらく志葵国の人間で花守が百花園に住んでいるなんて考える者のほうが稀《まれ》だろう。

燕雀が門扉のもとに残り、珀凰と青雲だけが邸に入る。

「陛下は来たことがあるんですね？」

「即位前に何度か、ね」

慣れた様子から初めてではないことくらいわかっていたが、まさか何度も来たことがあるのか。

「それで、会うことを約束している方ってどなたなんですか？」

「約束はしてないよ」

「は⁉　駄目でしょうそれは！　失礼すぎます！」

さらりと答えた珀凰に青雲は思わず声を上げた。相手が誰かは知らないが、約束もなく勝手に春家の邸にあがっていることになる。

「そうは言っても、約束を取り付けるのは難しいんじゃないかな。向こうがその気にならなければ会えないだけだろうし」

「それはどういう――」

意味ですか、と青雲が続けかけたときだった。

『ああ、やっぱり私のお客様だったのね？』

背後からふわりと華やいだ声がして、青雲と珀凰は振り返った。

長くたゆたうような金色の髪、穏やかな光を宿す翡翠《ひすい》の瞳《ひとみ》。少女のように無垢《むく》でありながら、ぞっとするほどの妖艶《ようえん》さも垣間見《かいまみ》える、呼吸を忘れてしまいそうになるほど美しい女性だった。

『お久しぶりね。珀凰様。お会いするのはいつ以来かしら。ごめんなさいね、死んでからというもの年月の流れには疎くなってしまって』

うふふ、と女性は楽しげに微笑むが、その姿はふわふわと浮いている。その身体は透けていた。

「ゆ、幽霊じゃないですか⁉」

悲鳴に近い声で青雲は叫ぶ。予告もなしに幽霊と遭遇するのは心臓に悪すぎる。

「見ればわかるだろう？」

『そうよぉ、死んでいるもの、幽霊に決まっているじゃない』

珀凰と女性は何を言っているんだというように青雲を見ている。面白がられているようにも見えた。

「彼女が先代の花守、春香蘭だよ」

珀凰がそう言って香蘭を紹介してくれる。これは確かに公にできない春家の特大の秘密だ。

香蘭はじぃっと青雲を見てくる。もとより儚《はかな》げな雰囲気のある容姿だが、透けた身体がよりいっそう消えてしまいそうな危うさを持たせていた。

「彼は冬青雲。近頃、雪華とかなり親しくしているよ」

『あらあらまぁぁ』

珀凰の紹介に香蘭はきらきらと目を輝かせた。誤解を生みそうな内容に青雲は慌てる。

「ちょっ……それはなんだか意味深な紹介じゃないですか⁉　彼女とは陛下の命で協力し合っているだけです！」

『あら。てっきり甘い話かと思ったのに』

「違います、あの、下心とかありませんから……！」

だから安心してほしいという意味で言っているのに、香蘭は目を丸くして『なぁんだ残念』と呟《つぶや》いた。

『では改めて、春香蘭と申します。ご覧の通り死んでおります』

帝から後宮入りを求められ、実の父親に殺された悲劇の花守……のはずなのだが。なぜだろうか、青雲の目にはとてもそんな悲愴《ひそう》さは感じられなかった。

「ま、まだ地上を彷徨《さまよ》っているなんて……何か心残りがあるんですか？」

『おかしなことを聞くのね？　娘を遺《のこ》して死んだんだもの。心残りがないわけがないでしょう？』

香蘭は微笑んでいるものの、その言葉には棘《とげ》がある。その通りだ。愚問だったと青雲は恥ずかしくなった。

『それで、私に何か御用かしら？』

こてんと首を傾げる香蘭は、子どもを産んだとは思えないほど愛らしい。幽霊なのだから年はとらないとして、享年は何歳だったのだろうかと思う。

「近頃、蓬陽に邪気が増え続けているんだけど何か知らないかな？」

珀凰は迷いなく香蘭に問いかける。その態度は生きている人間に対するものと変わらなかった。

『邪気が？……ああ』

香蘭には心当たりがあるようだった。細い指を顎《あご》に添えて、一人だけ納得したような顔をしている。しかし一向に口を開こうとはしない。

「知っているなら教えてほしいんだけど？」

『まぁ、それはできない相談ですわ』

うふふ、と香蘭は笑った。

『花守の知識は花守にのみ伝えるものです。知識だけなら、雪華にはすべて伝えてあります。雪華が自分で気づいて対処してくれないと、私は安心してあとを託せないわ』

穏やかだが有無を言わせぬ声だった。香蘭からは聞き出せそうにもないと珀凰は肩を竦《すく》めた。

問うべき話題が消えてしまったことで、わずかに沈黙が落ちる。青雲は香蘭を見て不安になった。

「……もう七年も地上に留《とど》まっているんですよね。鬼になってしまうかもしれないのに」

良順は消えかけたところで鬼になってしまった。香蘭もあとどれだけ正気を保てるのだろうか。

『春家の邸には天花がたくさん植わっているの。だからこの邸にいる限り邪気の影響はあまり受けないわ。……もうそろそろ植え替えないと天花としての効果はなくなってしまうかもしれないけど』

春家の敷地や他の四季家の邸、後宮などにはそうして天花が植えられているし、定期的に植え替えている。

香蘭が見つめる先、春家の庭に植えられていたのはなんの花か、青雲にはわからない。濃い緑色の葉を茂らせた低木だが、今は花期ではないのだろう。花がついていなかった。

「俺は……あなたが鬼となってしまったとき、斬りたくないです」

青雲が香蘭を斬るとき、雪華がそばにいるかもしれない。大切な人が鬼となってしまう。二度目の死を迎える。その体験を雪華には味わってほしくはない。

青雲の言葉に香蘭はふわりと微笑んだ。しかしすぐにその目は年長者としての厳しいものになる。

『優しいのね。でも、死んだ人間に気を遣って周囲を危険に晒《さら》しては駄目よ。万が一私が鬼になるようなことがあれば迷いなく斬りなさい』

香蘭に諭されたが、それでも青雲は斬りたくないと思う。こうしてしっかり会話ができるなら、雪華と話してどうにか未練を断ち切ってほしい。

「雪華さんは……ここに来ないんですか？」

話すことができればと思って問うと香蘭は困ったように笑う。

『来ないわ。たぶん……怖いのかもしれない』

「怖い？」

雪華は青雲のように幽霊を怖がったりしない。それなのに何を怖がるのかと青雲は首を傾げる。

「……七年前の事件の第一発見者は雪華なんだよ」

珀凰が付け加えてきた内容を聞いて、青雲はさぁっと青ざめて息を呑《の》んだ。

母親と先代当主の死体を、まだ十一歳の雪華が目の当たりにしたのか。挙句、そのあとには春家の人間の多くが処刑された。どれほど雪華の心は傷ついたのだろう。

『……ねぇ、雪華は元気かしら？』

そう問いかけてくる香蘭は母親の顔をしている。

「元気ですよ。最近は少し、寝不足かもしれませんけど……」

青雲がそう答えると、香蘭はほっとしたように笑みを零《こぼ》した。死してなお、雪華のことを心配しているのだとわかる。

『そういえば百花園の南に植わっている樹はまだあるのかしら？　私の一番好きな花なのよ』

急に話題を変えた香蘭に青雲は首を傾げる。

「百花園の南ですか……？　すみません、まだあまり把握できていなくて」

『春には綺麗《きれい》な花が咲くの。白い花弁がまるで舞うように散る姿はとても美しいのよ。大きな樹だから、空から雪が降ってくるようにも見えるの。……もうずいぶん前から花をつけなくなってしまったんだけど。きっと今頃は紅葉が綺麗よ』

百花園に樹はたくさんあるので、青雲にはどの樹かさっぱりわからないが、雪華に聞けばわかるかもしれない。

『……昔ね、その花が咲いたら雪華と一緒に見ようって約束したの。その時に、伝えたいこともあったの』

切なげな顔で香蘭が呟く。それは果たして自分が聞いていいことなんだろうかと青雲は困惑した。どう答えるべきかと戸惑っていると、香蘭は『ふふ』と笑う。困っている青雲の様子がおかしかったのだろう。

珀凰が「そろそろ戻ろうか」と言うので邸《やしき》を出ることになった。邪気の発生についてはわからないままだが、青雲は来て良かったと思う。

香蘭に断って青雲と珀凰はこの場をあとにする。

『雪華に、咲かない花について聞いてごらんなさい』

青雲の背に香蘭がそう声をかけた。振り返るとにこりと微笑まれる。

これはたぶん、助言なんだろう。青雲は素直に頷《うなず》いてから春家の邸を去った。燕雀に見送られ、青雲は馬車の小窓から遠ざかる春家の邸を見る。

「……陛下はどうして俺を香蘭さんと会わせたんですか？」

香蘭は邪気の増加について原因がわかっているようだったのに、教えてはくれなかった。そのことに対して珀凰も深く問いただすようなこともしなかった。

こういうときの珀凰は、他に目的があるのだ。

「雪華とは七年前……あの事件の直後に彼女が花守となってからの付き合いになるわけ

だけど。いろいろと思うところはあるんだよ、私にも」

苦笑まじりに珀凰はそう言う。

雪華の母を殺したのは春家の当主だが、原因を作ったのは先帝だ。珀凰の父親でもある。

「七年もあのままなんだ、あの母娘《おやこ》。どうにかしてあげられたらと思うけど、私にはどうにもできなくてね。……青雲にも、もう少し雪華のことを知ってもらおうと思って」

「……そうでしたか」

珀凰が雪華のことを気にかけているような素振りはもともとあった。花守という特殊な立場だから贔屓《ひいき》されているといえばそうかもしれないが、珀凰なりに兄代わりにでもなっているつもりだったのかもしれない。

「でも俺は……なんの役にも立たないと思います」

青雲が得意なのは剣くらいだ。あとは体力仕事なら役立てるだろう。七年も珀凰がどうにもできなかったことを、青雲が解決できるはずがない。

「今は知っていてくれればいい。それだけだ」

「……はい」

深く気にしなくていいよと笑う珀凰に、青雲は小さく頷いた。

その後青雲は直接百花園へ送られ、馬車を降りる。珀凰はそのまま一人で碧蓮城へと帰った。護衛なしでいいのだろうかと思いつつ、おそらく朱家の人間がそばに控えていたのだろう。

「戻りました」

「おかえりなさい」

「え？　夫婦ですか？」

ちょうど外にいた雪華に青雲が声をかけると、花梨が雪華と青雲を見てそんなことを言った。

「何を言っているの」

「え、だって、ただいまとおかえりなさいを自然と言い合うなんてもはや夫婦では？」

頬を赤く染めながら早口でそう告げる花梨を雪華は呆《あき》れたように見る。

「妄想はほどほどにしなさい。灰はまとめたの？」

「あ、今からやりまーす」

雪華のお説教が始まる前にと花梨はそそくさと作業に戻った。

「意外と早く終わったんですね。本当に報告だけだったんですか？」

珀凰のことだから面倒なことを押しつけてくるのではないかと警戒していたのだろう。

「……報告というか、その……春家の邸に行ってきまして」

言わないままでいることもできるが、それはそれでやましいことをしている気分になる。青雲が素直に告げると雪華は一瞬だけ目を丸くしたあとで小さく「ああ」と呟《つぶや》いた。

「会ったんですか？」

雪華は怒るか嫌がるかするものだと思ったが、平然としていた。

「……はい、香蘭さんにお会いしてきました」

「母さん、元気にしていました？……って、幽霊に元気も何もないですね」

「いえ、その」

ふふ、と青雲が思わず笑うと雪華は不審げに眉《まゆ》を寄せた。

「何笑っているんですか」

「だって、香蘭さんも同じことを聞いてきたので。あなたは元気にしてるかって。やっぱり母娘なんですね」

似ていると青雲が笑うと、雪華は困惑した表情を浮かべている。

「燕雀さんがきちんと邸の手入れもしていましたし、香蘭さんが鬼になるような気配はありませんでしたよ。邪気が増える原因について心当たりはないか香蘭さんに聞いたんですけど……教えてはもらえませんでした」

青雲は春家の様子を思い出しながら報告する。何も手がかりを得られなかったことに関しては、青雲も申し訳ない気持ちになって肩を落とす。雪華は青雲の言葉に考え込むように顎《あご》に手を添えた。

「……教えてもらえなかった、ということは母さんには心当たりがあるんですよね」

「はい、たぶん。花守としての知識はすべて雪華さんに伝えてあると」

「……わたしが知っている知識のなかで……？」

雪華は小さく呟きながらますます考え込んでしまった。雪華の記憶が頼りなので青雲は何の力にもなれないが、香蘭が去り際にくれた助言を思い出した。

「ああ、あと、咲かない花についてあなたに尋ねてみろとおっしゃっていました」

「咲かない花……？　ああ、あの樹ですか」

雪華には心当たりがあるらしい。

すぐに歩き始めた雪華のあとを、青雲は追いかけた。当然のことかもしれないが、雪華の頭には百花園のどこに何が植えられているかきっちり入っているのだ。

百花園の南の一角、蓮池《はすいけ》のそばに一本の樹が植えられていた。周りには他に大きな樹はなく、その葉は紅《あか》く色づいている。

「この樹は先々代あたりの帝《みかど》に輿入《こしい》れした東国の姫が持ち込んだものらしいんですけど、全然咲かないんですよ」

雪華がそっと幹に触れる。その樹皮は紫褐色で、横長の筋があった。樹の下に立つと大きく広がる枝葉が空を覆っているように見える。

志葵国は花を特別に愛する国らしい、と聞いた東国の姫が自分の好きな花を持参してきたのだという。形としては嫁入り道具となるので、ぞんざいな扱いはできず、持ち込まれた苗のうちのひとつを花といえば花守だろうと百花園に植えられた。

もうひとつの苗は碧蓮城の後宮に植えられたそうだが、同じように今はもう咲かなくなってしまったらしい。青雲は当然、後宮に行ったことがないのでわからないが。

その樹はどっしりとしていて、青雲の目には元気そうに見える。

「……咲かない？　どうしてですか？」

「さぁ？　母が子どもの頃に咲いているのを一度だけ見たそうですけど、それきりです。元気なので病気ではないんでしょうけど、土が合わないのか育て方が悪いのか……」

もともとは志葵国にはない花だ。育て方も曖昧《あいまい》にしか伝わっておらず、どうすればいいのかわからないまま植えられているのだと雪華は苦笑した。

「春に白い花をつけるらしいんですけどね。気難しい子なのかもしれません」

花によっては環境が少し変わるだけで弱ってしまうものもあるのだという。おそらくこの樹もそういうことなのだろう。

枯れずにここまで大きくなったのだからまだ良かったのかもしれない。

「……なんだか雪華さんみたいな花ですね」

「なんですかそれ」

青雲の呟きに、雪華は眉を寄せた。

「気難しいってあたりが……」

「喧嘩《けんか》なら買いますけど？」

じとりと睨《にら》みつけられて、青雲は降参するように両手をあげる。

「喧嘩なんて売っていませんよ……」

ただなんとなく、雪華に似ていると思ったことが口からぽろっと出てしまっただけで。

「ああでも、だから香蘭さんが好きなのかもしれませんね」

「……好き？　母さんが、この花を？」

雪華は大きな瞳《ひとみ》を見開いて首を傾げた。香蘭から聞いたことがなかったんだろうか。

「ええ、そう言っていました。雪華さんに似ているから、好きなのかもしれませんね」

娘に似ている花だから好きなのだとすれば、合点がいく。

「……それは、たぶんありえないと思いますよ」

「まぁそうですよね、似ているというのも俺の感覚ですし」

「いえ、そうではなくて」

雪華が小さな声で青雲を遮る。緊張しているようなかたい声だ。

「……わたしは母にとって望んで生まれた子ではないと思うので、わたしに似ているからこの花が好きだなんて理由はありえないんですよ」

自嘲《じちょう》気味にそう言う雪華が、青雲にはとても痛々しく見えた。そんなことを言わせてしまったことを申し訳なく思う。

だが同時に、不思議だった。青雲が会った香蘭は母親として確かに雪華を案じているように見えたのだ。

「……なぜそう思うんですか？」

「わたしの名前」

雪華は、すぐにその理由を告げた。

『雪』華なんですよ。春家に生まれながら雪なんて名前につけられるなんて、皮肉だと思いません？」

春家はその名のとおり、春を象徴している。

最も花が咲き、最も芳しい季節。花守は代々、暗黙の了解のうちに花の名をつけられてきた。

「えっと……冬生まれだったとか……？」

「残念ながら生まれたのは春の終わりと聞いています」

雪とは関係のない春真《ま》っ只中《ただなか》だ。青雲も何も言えなくなる。

「……別に雪が嫌いなわけではないですけど、こうも皮肉をこめた名前ですから。きっと父親も母さんが好いた人ではなかったんじゃないかなって」

父親については珀凰からも聞かされた。前皇帝だったのではという、噂話だ。

「つまらない話ですよね、やめましょう」

雪華はそう言って笑うと歩き出す。その背を見ながら青雲は小さく呟いた。

「……気になるなら、本人に聞けばいいじゃないですか」

青雲にそう言ってくれたのは雪華だ。

香蘭はまだ鬼になっていない。十分に対話ができる状態だ。確かめればいい。父親のことも、自分のことも。
真実を知ることは時におそろしいことでもあるけれど。
青雲の声が届いていないのか、雪華は立ち止まることも振り返ることもなかった。

四章　咲かない花

——いい、雪華？　この花はとても大事な花だからね。

それは、雪華がまだ小さな頃のことだ。ひとつの鉢植えを指さして、母の香蘭がそう言った。

『でも母さん。この花、全然咲かないのよ。わたし、咲いているのを見たことないわ』

たいていの花は年に一度の、それぞれの花の季節に咲くものだ。病気でもないのに咲かない花なんてその頃の雪華は知らなかった。

『そうでしょうね、母さんも見たことないもの』

『母さんも？　ねぇ、この花は本当に咲くの？』

花に見せかけたただの草なんじゃないか、と雪華は眉を寄せる。

母は困ったように笑った。そして、咲かないほうが良いのよ、と呟《つぶや》いた。

『……この花はね、何十年何百年に一度、たった一晩だけしか咲かない特別な花なのよ』

何かの啓示のような夢に、雪華は飛び起きた。

太陽は既に昇っていて外は明るくなっている。時刻としてはまだ早朝だが、雪華にとっては寝坊だった。

「……咲かない花」

青雲から話を聞いた時は、てっきり花をつけなくなったあの樹のことだと思った。しかし『南に植わっている樹』と『咲かない花』が別の話だったら？

百花園には、咲かない花がふたつある。

雪華は夜着のまま急いで外に出た。以前は小屋のなかにあったその鉢植えは、温室が出来たときにそちらに移している。

秋の朝は肌寒い。今日は一際冷え込んだらしく、足元には霜がおりていた。

しかし温室のなかはそんな外の寒さとは無縁だ。温室に入ることで体温を奪うような寒さは幾分か和らぐ。

温室の片隅、咲き乱れる花に隠れるようにひっそりと存在している鉢植えに駆け寄る。

「……蕾《つぼみ》がついている」

雪華が生まれてから一度も、その花に蕾がついたのを見たことはなかった。まだ緑の葉に隠れているが、細く固そうな蕾が見える。その蕾は先端のほうは白く、根元は濃い青紫色をしていた。

「冥王花《めいおうか》」

それは災禍の予兆。

何十年、何百年に一度あるかどうかの異変を知らせる花だった。

いつも通り作業を始める時間に百花園にやって来た青雲は、雪華の姿を見るなり目を丸くしていた。

「おはよう、ございます」

首を傾げながら挨拶《あいさつ》してくる青雲に、雪華は正直者だなと思った。

雪華はいつもの簡素な衣ではなく、上等な花色の衣に翡翠《ひすい》の帯をつけている。髪もいつもより複雑な形に編まれていて、丁寧に梳《くしけず》り簪《かんざし》をつけていた。

「おはようございます。今日はすぐに碧蓮城へ行こうと思います」

「それは構いませんが……」

どうして？　と青雲の目が訴えてくる。

「邪気が増加している原因がわかりました」

「わかりそう、ではなく？」

雪華が断言したことが不思議だったのだろう。青雲はおずおずと確認してくる。

「ええ。せっかくなので見てみますか？」

「見るって何を……」

雪華がゆるりと歩き出す。普段の格好ならもっときびきびと動くのだが、今日は城へ行くための姿だ。汚れないように慎重に、それでいて優雅な動きを意識する。

温室へ移動し、雪華が扉を開けると「どうして？」と言いたげに青雲は目を丸くする。

「温室に何かあるんですか？」

「その鉢植えを見てください」

雪華は青雲の質問には答えず、ひとつの鉢植えを指差した。牡丹《ぼたん》が並ぶ棚の一番端にひっそりと置いてある鉢植えだ。雪華が抱えられる程度の大きさのその鉢には、大きめの葉が茂り、まだかたい蕾がついている。葉は牡丹に似ているが、蕾は牡丹とは似ても似つかない細長い楕円《だえん》形だ。

「この花は？」

「冥王花といいます」

めいおうか、と青雲は繰り返した。聞いたことがないのだろう。当然だ、この花は百花園にしか存在しない。

今はまだ、冥王花は他の天花と比べても変わったところは特に見当たらない。これが特別な花だとは誰も思わないだろう。しかしこの冥王花は、何十年何百年のうち、たった一晩だけ咲く天花なのだ。

「冥王の出現を知らせる天花、と教えられました」

かつて、志葵国が四国にわかれていた頃、大きな戦があった。その際にこの地は穢《けが》れ、邪気に満ち、うまれたのが冥王だと言われている。

「この天花を冥王に捧《ささ》げることで浄化できる……と言われています。とにかく陛下に報告しないと」

本音を言えば碧蓮城に行きたくはないが、行かないわけにもいかないだろう。

「なるほど……。そうですね、大事な手がかりですし報告へ行くのは賛成です」

「秋家に何か記録が残っていたりしたらいいんですけど……」

冥王花についてはあまり期待できないが、冥王についてなら秋家にも記録が残っているかもしれない。

「春家にはないんですか？」

「既に参考になりそうなものは玄鳥に持ってきてもらっていて……冥王花についてはまだ少しあるかもしれませんけど」

玄鳥に持ってきてもらったのは邪気に関する資料だ。まったくないとは言いきれない。温室にはしっかりと鍵《かぎ》をかける。普段はそこまでしないが、冥王花に何かあっては取り返しのつかないことになる。鍵を懐に入れて、雪華は小さく息を吐いた。

さて碧蓮城へ行こうかというところで、花梨が慌てて駆け寄ってきた。

「あっちょっと待ってください雪華様！　紅くらいはつけましょう！」

「化粧は嫌いなんだけど……」

「紅をつけてちょっと綺麗《きれい》すぎるくらいの方が、そのへんのおじさんには効果があります！」

花梨も雪華が華やかな装いを好まないことくらい知っている。だが最低限の装いにしたところで雪華の美しさは隠せないし、どのみち人の目を集める。

花梨は強引に雪華の唇に紅を塗った。鮮やかな赤が白い肌によく映える。より美しくなった雪華を見て花梨は満足そうに微笑んだ。

「綺麗すぎて、手が出せないほどの高嶺《たかね》の花になればいいんですよ」

「……花守はとっくの昔に高嶺の花じゃなくなったわ」

「あら、ならもう一度高嶺に咲けばよろしいでしょう？」

簡単なことだと花梨は笑う。

紅をさしただけ。たったそれだけなのに、艶《あで》やかさが加わり、雪華の華やかさが増した。

「……化粧ってすごいんですね」

青雲が感心するようにぽつりと呟くと、花梨は「はぁ⁉」と声を上げた。

「感想がそれだけですか⁉　それはないでしょう！　ありえないでしょう⁉」

「え、あ、綺麗ですよ？」

「知ってますよ！　雪華様は綺麗なんですよ！」

あんまりな青雲の反応に花梨はわめいたが、雪華は思わずおかしくなって噴き出した。

「ふ、ふふっ……予想よりひどい反応」

まさか雪華の顔より先に化粧の効果を褒めるなんて。青雲らしいといえば青雲らしい。

「ひどい反応なのになんで笑えるんですか雪華様！」

もおおおお！　と怒る花梨を宥《なだ》めると、雪華と青雲は碧蓮城に向かった。


碧蓮城へは花梨が手配した春家の馬車を使った。四季家の馬車は基本的に面倒な手続きもなく城内に入れることになっている。

雪華と青雲が執務室に着くやいなや、珀凰が目を丸くしてそう言った。手にしていた筆を落としかねないほど驚いている。その筆を瑞月がさっと取った。

「……うわ、本当に来た」

「……失礼な反応ですね。帝《みかど》でなければ今すぐ帰ってます」

半眼になりながら雪華はため息を吐き出す。まるで化け物でも見たような顔じゃないか。珀凰が化け物程度で驚くとも思えないけど。

そんな二人を見ながら青雲と瑞月はこっそりと目を合わせて苦笑していた。

「だって雪華が自分から城に来るわけないだろう？　青雲、何かした？」

「していませんよ」

まだ信じられない、という顔で珀凰は青雲に問いかけるが、濡《ぬ》れ衣《ぎぬ》もいいところだ。

雪華はむすりと不機嫌そうな顔のまま口を開く。

「必要なら嫌でも来ますよ。嫌ですけど」

「本当に嫌なんだねぇ」

何度も嫌というところを強調する雪華に笑いながら珀凰は書類の束を脇にやった。既に珀凰には訪問の理由を知らせてある。人払いされた執務室には、茶器の準備までされていた。

「……さて、では詳しい話を聞こうか？」

今朝方、青雲にも言った内容を改めて雪華は珀凰と瑞月に告げる。

平常時なら咲かないはずの冥王花が蕾《つぼみ》をつけたこと。それはつまり冥王の出現が近いということ。だから邪気が増していたのだ、と。

「冥王……か」

うーん、と唸《うな》りながら珀凰は呟《つぶや》いた。

「冥王ってそもそも迷信みたいなものだと思っていたんですが」

おずおずと口を開いたのは青雲だった。その気持ちはわからなくもない。雪華だって忘れ去っていたほど、非現実的なものだ。冥王花が蕾をつけていなければ思い出すこともなかっただろう。

「冥王は建国のときから封じられている大幽鬼と言われていますね。春家でもそのように伝えられていますか？」

瑞月が問いかけてくる。さすが知識の秋家というべきだろうか、珀凰も青雲もぴんときていなかった冥王というものについてすぐに知識が出てくるらしい。

「幽鬼という枠を超えてしまった化け物という表現の方が近いかもしれません。冥王は浄化して完全に消し去ることは出来ず、祓鬼剣でも退治できないみたいなので」

「えっじゃあ俺は役立たずになります……？」

青雲が困ったように眉《まゆ》を下げた。飼い主に見捨てられた犬みたいだ。この場合の飼い主は誰になるんだろう、と思いながら雪華は「いえ」と答える。

「退治できなくとも攻撃は通用するでしょうから、しっかり役立ってもらいます」

「通用しなかったら俺はどうすれば……？」

もしもの時を考えて不安そうな顔になる青雲を珀凰が一蹴《いっしゅう》した。

「雪華の盾にでもなればいい。とにかくそれよりも冥王の出現がいつなのか特定するのが先だね」

ここでどうなるかわからない未来のことを議論しても意味はない。

「冥王花は何十年、何百年に一度、たった一晩だけ咲くと言われています。咲く前には今の蓬陽同様に、必ずなんらかの異変が起きているはず」

現在の蓬陽に邪気が増えているのと同じことが起きていたはずだ。ならば公式の記録に残るようなことも起きているかもしれない。

雪華の意図を汲《く》み取って珀凰は「なるほど」と呟いた。

「それなら、遡《さかのぼ》れば災禍の予兆のような記録があるかもしれないね？」

「およそ百年前に、大雨が続いて蓬陽が水害に見舞われかけたことがありましたね」

珀凰の呟きのあとで瑞月が間髪容《い》れずに答えた。見舞われかけた、というところがなんともそれらしい。

「幸い、大きな被害はありませんでしたが、その時の経験を踏まえ、治水事業が進められたはずです」

さすが叡智《えいち》の秋家だ。瑞月は記録を確認することもなく、すらすらと過去の事例をあげて説明してくれる。

雪華は瑞月の知識の深さに感心しつつ、今後どうすべきか考えた。

「……百年前、ですか。その頃の記録をあたればもう少し何かわかりそうですね」

雪華はひとまずすぐに出来そうなことを提案する。邪気が増えることで様々なことが起きる。疫病や自然災害はわかりやすい変化の一例だ。春家の記録も確認すれば裏付けがとれるかもしれない。

「春家の別邸に行けば冥王花についての資料か何かがあるかもしれません。それに、年長者に何か知っている人がいるかも……」

あまり期待はできないけれど、と雪華は苦笑しつつこれからの予定を立てる。瑞月は力強く頷《うなず》きながら口を開いた。

「では城の記録は私が調べますね。災害の記録を確認すれば冥王についてわかるかもしれません」

「そうだね、瑞月がやるのが一番効率がいいだろう」

何しろ雪華や青雲は百年前の水害なんてまったく知らなかったのだ。知識において秋家と競い合うことほど愚かなこともない。

「陛下にはまだまだ執務が残っておりますから」

瑞月はにっこりと微笑みながら卓の上で処理を待っている仕事の山を指さした。

「非常事態だし、少しは手加減してくれてもいいんじゃないかな？」

「陛下の執務が滞ってはのちのち影響が出ますので、いつも通りでお願い致します」

冥王に関してはこちらでやっておくから珀凰はいつも通りに仕事をしろ、という瑞月の圧力に珀凰はため息を吐く。

存外、秘書官殿は帝に厳しいらしい。

「その冥王花の管理に問題はない？」

「もちろんです。冥王花について知っているのはここにいる人と、あとは玄鳥たちくらいですから。でも玄鳥たちには冥王花を見せていません」

人払いもされているので、誰かが聞き耳をたてていることもない。

万が一、冥王や冥王花のことが帝に叛意《はんい》を持つ者に知られれば、それを使って志葵国そのものを危険に晒《さら》すことも考えられる。

「えっ……お、俺は見てよかったんですか……？」

せっかくなので見てみますか、と碧蓮城に来る前にしっかり冥王花を見てしまった。気軽にほいほいと雪華のあとをついて行って見たけれど、考えてみれば国の命運を握る大切な花だ。いくら雪華が言い出したこととはいえ、青雲のように本来天花と関わらない者がおいそれと目にしていいものではなかったのではないか。

「わたしに万が一のことがあったらどれが冥王花なのかわかる人がいないと困るでしょう？」

もしも誰かが冥王の出現に乗じて蓬陽に混乱を起こすつもりなら、冥王花を狙うより花守を狙うほうが確実だし楽な手段だ。

「万が一のことなんてないよ、青雲がちゃんと雪華を守ってくれるだろう？」

「それはもちろん」

青雲は即答した。あまりの即答っぷりにあなたは帝の護衛官でしょう、という言葉を雪華は呑《の》み込む。

苦虫《にがむし》を嚙《か》み潰《つぶ》したような顔の雪華に、珀凰がくすくすと笑っている。

「では雪華は春家の記録を確認して、冥王花の開花日をできる限り特定。青雲は雪華の補佐と護衛を。瑞月は碧蓮城の資料から関連しそうなことを探しつつ冥王の正体を調べるように」

はい、とおのおの返事をして四季家による話し合いが静かに終わった。


碧蓮城を出て馬車に乗ると、雪華は御者をしていた燕雀に「別邸へ」と声をかけた。

「すぐに向かうんですか？」

「面倒なことは早めに片付けたいんですよ」

雪華は普段は百花園からほとんど出ずに生活している。外出の回数なんて少なければ少ないほどいい。まして行きたくもない場所ならなおさら。

春家の別邸は、蓬陽の南東にある。もともとは春家の人間が静養のために使っていたものだ。そこを今は蓬陽に残った数少ない春家の人間と、その者たちに仕える蒼家の人間が使っている。

「事前に知らせなくていいんですか？」

「どうして？　わたしが春家の当主で花守なんですよ。誰の許可がいるんです？」

歓待しろとか泊まらせろとか言うわけではない。必要な資料があれば回収し、もしも話が聞けそうなら冥王や冥王花について聞きたいだけだ。

「……ええと、もしかして別邸にいる方とは不仲ですか？」

「別邸に住んでいる人たちとは不仲と言えるほどの交流もないです。従兄《いとこ》と、その母親が住んでいますけど」

七年前の処刑で、春家は当主一族のほとんどを失った。当主の座を継ぐはずだった香蘭の兄も、その弟たちも処刑された。ただ兄弟の妻と子どもは処刑を免れたのだ。

伯母《おば》は夫を亡くしすっかり心が弱ってしまって、処刑の直後から別邸に移り住んだ。その他の春家の人間はこんなところに住んでいられるかと出て行ったらしい。

「じゃあ話を聞くのはそのお二人ですか？」

「いいえ、大伯母もいるはずなので、その人に話が聞ければ……。かなり高齢なので無理かもしれませんが」

既に耳も遠くなっているような老婦人だ。雪華もあまり期待はしていない。


碧蓮城から春家の別邸まではそう遠く離れてはいない。青雲は雪華と向き合って座ったまま、雪華と出会った日に碧蓮城へ向かうときには足を蹴《け》られそうになったなと思い返していた。雪華も慣れてきてくれたんだろうかと青雲は少し嬉《うれ》しく思う。

春家の別邸は母屋《おもや》の他に離れがあった。こぢんまりとした庭には丹桂《たんけい》が咲いている。他にも樹が植えられているが今は花が咲いていない。

青雲と雪華が別邸に到着すると、一人の女性が慌てて出迎えにきた。背が低く、ふくよかな中年の女性だ。

「どうぞ」

青雲が先に馬車を降りて手を差し出す。その瞬間に青雲はしまったと思った。雪華は当然、この手を取らないだろう。

「ありがとうございます」

しかし青雲の予想とは裏腹に、雪華は青雲の手を借りて馬車を降りた。そういえば今日の雪華は動きにくい格好をしている。そのせいだろうか。

「せ、雪華様……!?」

出迎えるためにやって来た女性は雪華の姿に驚いていた。

「えっと……久しぶりね、杏樹《あんじゅ》」

ぎこちなく微笑みながら雪華が挨拶《あいさつ》する。杏樹と呼ばれた女性は戸惑いを滲《にじ》ませながらも少し嬉しそうな顔をしていた。

「三年ぶりくらいでしょうか。そのときも、ご挨拶だけで雪華様はすぐにお帰りになられたので……今日はどうなさったのですか？」

杏樹はそう話しながらも雪華のことをあちこち見て確認している。元気か、怪我はしていないかと心配する親戚《しんせき》のおばさんのような雰囲気だ。別邸に住んでいるという伯母だろうか。

「ちょっと用事があって……大伯母様は？」

「梅凜《ばいりん》様は具合が悪く……お話ができる状態ではございません」

梅凜とは雪華の言う大伯母のことだろう。雪華の予想通り話を聞けるような状態ではないらしい。

「……そう。どうぞご自愛くださいと伝えてくれる？　あと、別邸にある百花園についての過去の記録を確認させてもらいたいのだけど、いいかしら？」

「勿論《もちろん》でございます。雪華様の要望ですもの、白蕾《はくらい》様も否とは言えませんよ」

にこにこと嬉しそうに雪華と話す女性に、青雲は誰だろうと思いながら口を挟めずにいた。どうしたものかと思っていたところで雪華が青雲を紹介した。

「杏樹、こちらは冬青雲様。ええと……わけあってしばらく一緒に行動しているの。青雲さん、彼女は蒼杏樹です」

「お初にお目にかかります。蒼杏樹と申します。もとは雪華様の母君、香蘭様にお仕えしておりました。今はこの別邸の管理と、梅凜様、鈴麗《りんれい》様、白蕾様のお世話をさせていただいております」

杏樹はおそらく香蘭と同年代だろう。黒い髪をきっちりとひとつにまとめていて、世話好きそうな雰囲気がある。鈴麗は雪華の伯母、白蕾は従兄のことだろう。

「冬青雲です。今日は急にすみません……その、伯母上や従兄殿に挨拶をさせていただきたいのですが」

青雲が思わず知らせもなくやって来たことを詫《わ》びつつ、別邸の住民について尋ねる。いくら雪華が花守で春家の当主であっても、挨拶くらいはするべきだろう。

「白蕾様でしたらこの時間は出仕しております。鈴麗様は……人とはお会いになりませんので」

杏樹に申し訳ありません、と言われて青雲は慌てて首を横に振る。

春家は他の四季家と毛色が違うとはいえ、名門だ。百花園や花守に関わらない人間は文官として碧蓮城に勤めていたり、地方官として任地へ行っていたりもするのだろう。

「すぐにお茶をご用意しますね。こちらです」

杏樹は別邸の中へと案内してくれる。

「お茶はいらないわ、書庫へ案内してくれれば……」

ゆっくりするわけではないと雪華が言うと杏樹は「まぁ！」と目を丸くした。

「雪華様！　雪華様だけなら我儘《わがまま》もお聞きしますが、冬家の方までご同行いただいているのにお茶も出さないなんて失礼なことをしてはなりませんよ」

「……いやその、急いでいるし」

杏樹にやんわりと、しかしきっぱりとした口調で注意されて、雪華は珍しく言葉を濁した。

「何年ぶりかにいらっしゃったと思えばそんなに慌ててどうなさったというんです!?」

「ああもうわかったから案内して！」

お茶を飲めないほど急いでいるわけではないが、このまま杏樹とのやりとりを続けていたらすぐに夜になってしまいそうだ。

結局、青雲と雪華は応接間に案内された。部屋には菊花が飾られていた。あれは天花なのだろうか、それとも普通の菊花なのだろうか。

杏樹は用意してきた花茶を青雲と雪華の前に差し出しながら、雪華から用件を聞いていた。

「邪気や冥王花についてですか……」

杏樹は問われた内容を繰り返して首を傾げる。

「こちらは別邸ですからねぇ……そういった類《たぐい》の資料はほとんどないかと。今確認はさせますが」

「本邸にもろくになかったのよ」

だからこちらに移されたのかと思った、と雪華は呟《つぶや》く。人のいない本邸よりも、別邸のほうが管理は行き届くだろう。

「祭儀に関する資料はございますよ。もうとんと使われておりませんが」

「人手がないんだから仕方ないわね」

杏樹はちらりと雪華の様子を窺《うかが》うようにしているが、相手の雪華はしれっと受け流していた。

「杏樹さんは雪華さんの手伝いなどはしていないんですか」

話しぶりから察するに、燕雀と年は近いのだろう。彼は玄鳥や花梨ほどよく見かけるわけではないが、雪華に百花園に入ることを許された数少ない人物だ。杏樹も年齢を理由に遠ざけられているわけではないのだろう。

「お手伝いしたいという気持ちはたっぷりとあるんですよ。今も花梨とはよく話をしておりますし、けど……」

「杏樹がいたら口うるさいから嫌だわ」

雪華が花茶を飲みながらきっぱりと言い切る。

「雪華様がこのとおりで……」

雪華は子どものように唇を尖《とが》らせているし、そんな雪華を見て杏樹はくすくすと笑っている。短い時間でこれだけ打ち解けているのだから、雪華と杏樹はもともとは仲が良かったんだろう。

「以前は私も百花園の手入れをしていたんですよ。雪華様がまだこんなよちよち歩きの頃は、香蘭様もなかなか目が離せませんでしたし」

「……ああ、そうか。雪華さんがずっと百花園で暮らしていたってことは、香蘭さんもですよね。どうして……」

四季家において丁重に扱われるはずの色持ちの二人が、まるで逃げるかのように百花園で暮らしていたというのはおかしい。青雲も気になっていた。

「母さんは春家の人たちがごちゃごちゃうるさいのが嫌になったって……」

「ふふ、香蘭様らしいですね。そう説明していらっしゃったんですか」

杏樹が懐かしげに目を細めて小さく笑った。その言葉に、雪華は驚いたように息を呑《の》んだ。

「違うの？」

「……香蘭様が言わなかったのなら私も口を閉ざすべきなのでしょうけど……でも、そうですね。雪華様ももう子どもではありませんし、帝《みかど》もとっくに代替わりはしてますしね」

　そう言って杏樹は花茶を口に含んだ。緊張で渇いた口の中を潤すための動作が、まるで儀式のように見える。

「香蘭様が百花園で暮らすようになったのは、雪華様のためです。未婚で雪華様をお産みになられた香蘭様は、まず子をご当主様に奪われることを一番に警戒していました。ご当主様は香蘭様の懐妊と出産を、できる限り隠したいとお考えだったように思います。子が生まれたらすぐに奪われ、どこかの養子にされるか、あるいは……」

　当時の春家の当主は、香蘭の未婚での懐妊を一族の恥だと言っていたらしい。春家、そして蒼家のなかで内密に処理し、何事もなかったかのように燕雀と結婚させるつもりだったと。

「え、香蘭さんと燕雀さんってそういう関係だったんですか⁉」

　青雲は思わず驚いて声をあげてしまった。雪華は「ええ」と頷《うなず》いて答える。

「春家の決めた婚約者です。春家の人間では血が濃くなりすぎるので、蒼家から。母さんは別に燕雀のことを好いてはいないみたいでしたけど」

「燕雀は、婚約者というよりも信奉者という感じでしたしねぇ」

　青雲のなかでの燕雀の印象はそれほど強くない。口数の少ない、壮年の男性だ。今も邸《やしき》の外の馬車で雪華を待っているだろう。

「香蘭様は、雪華様がお生まれになったときに泣いて喜んでいらっしゃったんですよ。

ふわふわの髪が、どう見ても金色でしたからね。『ああよかった、これでこの子は何があっても殺されない。私の手元で育てられる』とおっしゃって」

花守の知識を継ぐべき赤子だ。粗雑な扱いはできないし、色持ちを遠縁の養子になどできない。だがそれで、春家は香蘭が未婚で子を産んだことを隠すわけにはいかなくなった。

「ですが、雪華様を香蘭様から取り上げ……さらにその次の花守を産ませるための道具にしよう、と考える者がいたようで」

「……わたしが必ず次の花守を産むかなんてわからないでしょうに」

色持ちはその血筋に生まれるが、親が色持ちだからといってその子どもも色持ちになるとは限らない。春家の他の誰かのもとに色持ちが生まれる可能性は十分にある。

「このまま春家の邸にいては雪華様の教育に良くない、と。そうおっしゃって、香蘭様は百花園に移り住んだんです。春家の人間は一切立ち入りを許可せず、蒼家の一部の人間だけに許可を出して」

分家の人員の掌握権は基本的に四季家の当主が持つが、春家においては花守が当主よりも強い権限と影響力を持っている。花守なくして春家の繁栄はありえないからだ。

「……百花園で暮らすことでご苦労もありましたけど、香蘭様は雪華様と一緒に暮らせることを喜んでおられましたよ」

雪華は小さく「母さん」と呟いた。その翡翠色《ひすいいろ》の目が潤んでいるように見えるのは、青雲の気のせいではないと思う。

「でも……それならわたしの名前は」

雪華が震える声でそう呟いた。誰かに問うわけではない、ただの独り言のような声だった。

杏樹はそんな雪華を見ておずおずと口を開く。

「雪華様の名前は、香蘭様が一番好きな花からつけたとおっしゃっていましたよ。どの花かは、私も教えてはいただけませんでしたけど……」

「……母さんの、一番好きな花……」

雪華がぼんやりとどこか遠くを見るような顔で呟いていた。

「……わたしも、教えてもらえなかったわ。昔、約束したんだけど」

雪華の言葉に、青雲は香蘭と会った時のことを思い出した。好きな花、約束、どこかで聞いたことのある話だ。

「約束……？」

「ええ、母さんが一番好きな花を咲かせたら一緒に見ようって……結局、わからずじまいでしたけど」

約束を忘れてしまったんでしょうね、と雪華は苦笑する。その表情に、青雲は慌てて「あの」と口を開いていた。

「その花、あの咲かない花のことでは……？　蓮池《はすいけ》のそばの、春に咲くっていう……」

青雲が躊躇《ためら》いがちにそう告げる。雪華は呆然《ぼうぜん》とした顔で「え……？」と呟いた。

「香蘭さんが、そう話してました。雪華さんと一緒に見る約束をしたんだと。香蘭さん、忘れてなんていませんよ」

「そんな……」

雪華は青雲の思いがけない言葉に困惑しているようだった。

出過ぎた真似をしたかもしれない、と青雲は思う。けれど不思議と後悔はない。

香蘭に愛されていたのだと、雪華が少しでも考えられるようになってくれれば、春家の邸にいる香蘭に会いに行くきっかけになるんじゃないか。すれ違う母娘《おやこ》が、きちんと答え合わせできればと願わずにはいられない。

このままでは、雪華も香蘭も悲しすぎる。


その後、いくつか見つかった資料を手に青雲と雪華は別邸を出ることにした。

「お身体には気をつけて、何かあればこの杏樹にもお声掛けくださいね」

「はいはい」

馬車の前で杏樹は雪華にあれこれと注意をしている。

杏樹は雪華を見つめ、優しい声で話しかける。

「まだ、香蘭様に会いに行かれる決心はつきませんか……？」

杏樹の言葉に雪華の瞳《ひとみ》が揺れる。まだ迷いがあるのだろう。

「……時機を見て、母さんと話したいとは思うし……いずれ浄化しなければとは思っているわ」

ぽつり、と雪華が呟《つぶや》く。

杏樹はうっすらと涙を浮かべ「そうですね」と頷いた。邪気が増加しているという話は杏樹にもしている。このままだといずれ香蘭にも異変があるかもしれない。放置したままでいるわけにはいかないだろう。

「しっかりと、香蘭様とお話をしてくださいませ。悔いのないよう」

「……そうね」

手を握り合いながらそう会話している雪華と杏樹を見ていると、背後で馬車に繋《つな》がれた馬が嘶《いなな》いた。

「大丈夫ですか？」

御者台にいる燕雀に声をかけると、彼の顔は真っ青になっている。具合でも悪いのかと青雲が気にすると「いえ」と小さく答えた。

「問題ありません。気になさらないでください」

馬車のなかにはいくつかの書物が積まれた。邪気や冥王に関するものの他に、数代前の花守の手記もあったらしい。

「冥王花について書かれていますかね？」

「さぁ、どうでしょう。天花の手入れについて詳しく書いてあるみたいなので、これはこれで役立ちそうですけど」

冥王花に関係していなくとも、花守としての知識は雪華の今後にも役立つだろう。それはそれで喜ばしいことだ。

「……しばらく杏樹さんに手伝っていただくのもいいと思うんですけど」

「それもいいかもしれませんけど。でも杏樹は、わたしといるとたまに辛《つら》そうな顔をするので。……母さんを思い出しているんですかね」

つまり、雪華は杏樹のことを思ってわざとあんな言い方をしているらしい。雪華をそばで支えていなくても、杏樹が罪悪感を抱かずに済むように。

「雪華さんはそういう、少しわかりにくい気遣いをもう少しわかりやすくしたほうがいいですよ……」

「気遣いを気遣いと悟られたくないのでいいんです」

つん、と素っ気ない顔をしているが、照れているのだろう。

「香蘭さんの話、聞けて良かったですね」

「……杏樹だって母さんが大好きな人間ですから、美化しているのかもしれませんよ」

「多少美化していても、嘘ではないと思いますよ」

雪華は青雲の言葉を否定しなかった。

しばらくして馬車が百花園に到着した。別邸から見つかった資料や書物は燕雀と、百花園にいた玄鳥の手で小屋に運びこまれる。

「ありがとうございます」

「いえ」

雪華が礼を言っても燕雀は言葉少なに答えるだけだ。別邸を出発したときは真っ青だった顔色も今はよくなっている。

「それでは失礼いたします」

燕雀はそう告げると百花園をあとにする。その背を見送りながら青雲が口を開いた。

「そういえば、雪華さんは燕雀殿のことは平気なんですね」

百花園に立ち入ることを許可しているのだから信用はしているのだろうけれど、顔を合わせる回数は少ないようだったので苦手なのかと思っていた。

「平気ですよ。あの人はわたしを女とは思っていないから」

雪華が嫌うのは、簡単に言ってしまえば『雪華を女性と見ている』『性的な対象と見ている』男性だ。悟りを開いたような高齢の男性や、まだ幼い子どもはその範囲に含まれていない。皓月のように肉体をなくした人も同様なのだろう。

「あの人は先代の香蘭様しか目に映らないんでしょう。……雪華が母親似だったら洒落《しゃれ》にならなかったかもしれないが」

玄鳥がそう言うと、雪華は本当に洒落にならない話なのでやめてほしい、と言いたげに眉《まゆ》を寄せている。

「そんなに似てないでしょうか？」

青雲としては雪華も香蘭も綺麗《きれい》な人だと思う。まったく似ていないというわけでもないだろう。しかし玄鳥は驚いたような顔で青雲を見てくる。もっと気安い関係だったなら何を言っているのだとか、目は確かかとでも言われたかもしれない。

「さっぱり似てないでしょう。香蘭様は、柳のようにたおやかで美しい方だった」

「雪華さんも綺麗だと思いますけど……」

雪華からは香蘭のようなたおやかさは確かに感じないかもしれない。しかし我が強いところや花守としての姿勢はとてもよく似ていると思う。

「これは気が強いのがはっきり顔に出ているでしょう」

「これって言い方はどうなの」

しかし雪華自身も気が強いということは否定しないらしい。会話が聞こえていたらしい花梨がむっとした顔で寄ってきた。

「玄鳥はもっと雪華様を敬うべきよ」

「子どもの頃から知っている糞餓鬼《くそがき》を敬えと言われても」

じとりと睨《にら》みつけてくる花梨に対して、玄鳥は呆《あき》れたように言い返している。雪華も何か言う様子はないので、玄鳥の態度も別段気にしていないのだろう。

「……ところで、玄鳥さんも平気なのはなぜですか？」

年齢としてはまさに雪華が一番警戒すべき年頃だ。今のやりとりからしても、玄鳥が雪華を主《あるじ》として敬意を払っているというわけでもないし、命じられたところで従わないこともありえそうなのだが。

「玄鳥？　それこそわたしのことを女と思ってないでしょう」

「大金を積まれたっておまえを口説いたり押し倒したりしないから安心しろ」

雪華がきょとんとした顔で答えると、すぐに玄鳥も嫌そうな顔で告げる。

なるほど、玄鳥が雪華に下心を抱くことはありえないと知っているから平気な人となっているらしい。

「ほらね。それに、最近はあなたにも慣れてきたんですよ」

それは、青雲自身も感じていた。

出会ったばかりの頃のような警戒心もないし、近づいたところで猫のように毛を逆立てることもなくなった。不意打ちで触れても、きっと手を振り払われることはないだろう。むしろ雪華から青雲の頬をつねってきたりもしている。さっきだって馬車から降りるときになんの抵抗もなく青雲の手を借りていた。

だがそれはそれで、釈然としない。

「……俺はあなたを嫌っているわけではないし、女性だと思っていないわけじゃありませんけど」

ただ慣れただけで雪華の警戒が解ける理由にはならない。むしろ雪華が青雲のことを男だと思っていないのではないだろうか。

「だってあなた、女の人を強引に押し倒すとかできなそうなんだもの」

くすくすと笑いながら雪華が言う。それが嘲笑《ちょうしょう》ではないということは、やわらかな表情からすぐに理解できた。男と思っていないわけでもないらしい。

……そんな度胸はないだろう、と笑われているとはいえ、多少なりとも信頼されていると言えなくもない。

「それは……」

「できます？」

口を開いた青雲を見上げて、雪華が首を傾げる。子どもめいた仕草は愛らしく、こちらが牙《きば》を持っているだなんて微塵《みじん》も思っていないようだった。

「できるできないではなく、しません」

はぁ、というため息と共に青雲が答える。

そもそも無理やりとか強引にとか、やっていいことじゃないだろう。逆らえない姉が複数いる青雲は『女性には優しく』ときつく言い聞かせられている。言い聞かせた本人が大の大人の男相手でも軽く投げ飛ばせるほどの女性であっても、だ。

たとえ邪気増加の原因がわかったとしても、夜に幽鬼狩りに行くことは変わらない。

むしろ影響を最小限にとどめるにはやめるわけにはいかなかった。

雪華はいつものように青雲と見回りをしながら幽鬼を狩る。夜は冷えるようになってきたなと思いながら幽鬼の気配を探した。

「そういえば、約束の香り袋をもらってないんですよね」

青雲がふと思い出したようにそう言った。

雪華と青雲が幽鬼狩りをするようになった頃に約束した、邪気除《よ》けの香り袋のことだ。以前に作ったものは瑞月に渡してしまったので新たに作る予定だった。

「……ちゃんと作ってますよ一応」

あれからいろいろとあったせいでまだ完成はしていない。今回はしっかり青雲のために、香りから選んで作っているのだが。

「急《せ》かしてるわけじゃないですよ。忘れられていないならいいんです」

催促しているわけではない、と青雲は笑う。雪華にあまり自由な時間がないことは青雲も十分わかっているのだろう。

ただでさえ花守として忙しい身だというのに、夜には幽鬼狩り。その上、冥王の対策も考えなければならなくなった。身体一つではとても足りないくらいだ。

「守れない約束はしないって言ったじゃないですか」

「そうですね」

忘れたわけじゃないと遠回しに答えると、青雲はへにゃ、と少し頼りなげな笑顔を見せる。気が抜けているときの彼は雪華よりも幼く見えた。

夜も深くなり、幽鬼狩りを終えて疲労も溜《た》まった頃、百花園まで青雲に送られて帰る。だが、今夜はいつも通りにはならなかった。

「……泊まる？」

雪華は自分の耳を疑った。確かめるように問うと、青雲は「はい」としっかり頷《うなず》いた。

「冥王の件が無事に終わるまでは雪華さんに何かあったら大変ですから、護衛として百花園に残ります」

「いやいやいやいや」

それ以外の言葉が浮かばずに雪華は必死で首を横に振った。

泊まる？　青雲が？　百花園に？

百花園で暮らしている雪華が言うようなことではないが、とても人が寝泊まりするような場所ではない。寝る場所なんて雪華が住んでいる小屋くらいしかないし、寝台も寝具も一つしかない。

「そんなにしっかり護衛なんてしなくていいですよ。そもそもわたしが百花園に住んでいるって知っている人はほとんどいないんですから」

「だとしても護衛ですから」

「──いやいやいやいや」

にっこりと笑いながら一歩も引こうとしない青雲に、雪華はまた首を振った。

知っていたけど、この男、実はけっこう頑固だ。頑固者の雪華が感じるくらいだからよほどだと思う。

「朱家の人たちがいるんだかいないんだかわからないけど、ちゃんと百花園の周りにいるらしいですし、そこまでしなくていいですよ！」

今日の昼に冥王花の件を珀凰に報告したときに、雪華にはわからないようにひっそり護衛を増やすと言われている。目に見えるように百花園の警護を増やせば何かあると言っているようなものだから、朱家が息を潜めているのだとだけ聞かされている。

「朱家の方々は護衛としてはちょっと頼りないですよ。特に幽鬼相手には無力でしょうし」

青雲が困ったような顔で言う。それは朱家の人たちに失礼な気もするが、武を誇る冬家にしてみれば頼りないと思えるのも仕方ないのだろう。もとより朱家は諜報《ちょうほう》活動を得意としているわけだし、青雲の言い分はわからないでもない。

「そうですね、そうかもしれませんけど……でも何かあればすぐに助けを呼んでくれるはずですし！」

「それじゃあ何かあったときに遅いでしょう？」

万が一、雪華が殺されかけたとして、助けを呼びに行っただけでは手遅れになりかねない。

青雲の主張はまっとうなもので雪華も反論できなかった。非力な雪華が抵抗したところで、殺意を持った人間相手にどれだけ時間を稼げるか怪しいところだ。

「あなた、寝不足がようやく解消されたのにまた一日中働く気ですか⁉」

青雲の目の下の隈《くま》は雪華との幽鬼狩りを始めて数日で薄れ、今はさっぱりなくなっている。珀凰の護衛の時にはもっと朝早くから夜遅くまで働いていたというから労働環境の改善を要求すべきだと思う。

「寝ますよ少しは。温室に毛布でも持ち込んで」

雪華が温室でたまに昼寝していると言ったことを覚えているらしい。

確かに青雲がそうしてくれれば冥王花の異変にもいち早く気づけるし、雪華が悲鳴のひとつでもあげたらすぐに駆けつけられる。

「それは一石二鳥ですね……って、そうじゃなくて！」

切り口を変えて言いくるめようとしても、さらりと受け流されてしまう。珀凰の話術をもっと観察しておけば良かったと雪華は後悔した。この頑固男を説き伏せるのはけっこう難しい。

「俺では冬家や黒家で動かせる人員も限られていて……それに、護衛だとしても見知らぬ男性は嫌でしょう？」

「嫌ですというか無理です」

見知らぬ男が泊まり込みで護衛することが平気だったら男嫌いだなんて公言していない。知らない男は百花園に足を踏み入れることすら許さない。

「姉たちに協力してもらえたら良かったんですけど、一番上の姉は三人の子どもの育児で忙しくて、二番目の姉は二人目の出産直後で、三番目の姉は……」

「ちょ、待ってください何人いるんですか？」

青雲に姉がいることは知っていたが、そんなにいるなんて想像していなかった。

「四人です。三番目の姉は遠方に嫁いだ上に妊娠中ですし、四番目の姉は新婚なんですよ……」

「それは皆さん、おめでたいことですね……」

「なので俺が護衛するのが一番かなと」

青雲が同意を求めるように言い切ったので、雪華はじとりと下から睨《にら》みつけた。

「うまくまとめようとしてますけど、わたしは夜までずっと護衛をする必要はないと主張しているんですが」

青雲は今でも半日以上、雪華と行動を共にしている。護衛としてはそれだけで十分な働きだ。もちろん用心するに越したことはないが、青雲にかかる負担が大きすぎる。

「駄目なら百花園のすぐ外で張り込みます」

「それ、あなたは一睡もできないでしょう……」

「大丈夫ですよ、徹夜には慣れていますから。それに昼なら他の人たちもいるので少しは休めますし」

青雲は胸を張って誇らしげに答えているが、雪華は呆《あき》れた顔で肩を落とした。

「それは慣れたら駄目なやつです……」

「あ、もちろん妙な誤解が起きないように小屋には入りませんよ」

「そういう心配はしてません……」

青雲が紳士すぎるほどに紳士なのも、もう十分知っている。未婚の雪華の護衛につくとはいえ同じ室内で夜を明かすなんて気はもともとないだろう。

それからしばらく互いにあれこれと言いあったのだが——結局、雪華は根負けした。

今頃青雲は温室でぬくぬくと毛布に包まれて休んでいることだろう。彼が用意すると言っていた毛布を無言で温室の片隅から出すと「昼寝用ですか？」と聞かれたので睨んでおいた。余計な詮索《せんさく》はしないでいただきたい。

雪華は気を取り直して灯りのもとで読書を始めた。春家の邸《やしき》や別邸から集めた資料を読むのだ。

邪気についての根本的な知識は何代も前から変わっていない。冥王についての記載があるものは見つからないが、冥王花について書かれているものはいくつかあった。

それらを読んで確認したが、特に手がかりはない。今夜はもう寝ようと雪華は読書を中断した。

小さな頃から使っている簡素な寝台に横になると、昼間の杏樹の話が頭に浮かんだ。

香蘭が雪華を守るために百花園で、この小屋で暮らし始めたというものだ。

「生粋のお嬢様育ちの母さんには、大変だっただろうな……」

雪華にとってはこの暮らしが普通だったので特に苦労したという気持ちはない。だが香蘭は、春家の花守として蝶《ちょう》よ花よと育てられた人だ。こんな狭い場所で暮らすなんて本来ならありえなかった。

香蘭の人生がそうして転落していく原因となったのは雪華だ。雪華という存在がいなければ、香蘭は百花園で暮らすなんてことにはならなかっただろうし、七年前に死ぬこともなかった。

だから雪華は、母親から疎まれていると思っていた。雪の華なんていう名前は、春家には相応《ふさわ》しくないという皮肉をこめてつけられたものなんだろうとずっと思っていた。

「……違うのかな」

ぽつり、と雪華は呟《つぶや》く。

「違うのかな、母さん。わたしは、望まれなかった子どもじゃ、ないのかな」

少なくとも、生まれた瞬間、香蘭は喜んでくれたのだという。その言葉を信じてもいいんだろうか。本当のことなのかと、香蘭に尋ねてもいいんだろうか。

鼻腔《びこう》をくすぐる甘い香りに、青雲は瞼《まぶた》をふるわせた。薄く目を開くとやわらかな朝日が飛び込んでくる。

青灰色の瞳《ひとみ》に、光を纏《まと》った金糸のような髪が映った。花を抱えながら、青雲を気遣って音をたてないよう静かに動く様はまるで地上に降り立った天女のようだ。

ぱちぱち、と何度か瞬《まばた》きをする。夢か幻かと思うほど美しい光景だった。

「あ、起こしちゃいました？　おはようございます」

「……おはよう、ございます」

雪華に声をかけられたことで、徐々に青雲も頭がはっきりしてきた。

ここは百花園の温室で、青雲は雪華の護衛としてここで夜を明かそうとしていて――

「……自分でも驚くほど熟睡していました……」

平時でも緊急で呼び出された時のために深く眠ることはあまりないのだが、寝惚《ねぼ》けてしまうほどぐっすり寝ていたらしい。

起きて早々に落ち込む青雲に、雪華は首を傾げた。大きな翡翠色《ひすいいろ》の瞳が不思議そうに青雲を見る。

「しっかり眠れたなら良かったじゃないですか」

「いや護衛なのに、それはちょっと……」

これは護衛として猛省すべきところだ。

悲鳴が聞こえて目覚めても、覚醒《かくせい》までのほんの数秒が護衛対象の命に関わる。まして雪華が温室に入ってきたことさえ気づかなかっただなんて武官としては大恥だ。

「何もなかったんだからいいじゃないですか」

雪華はいつ目覚めたのだろう。すっかり身支度を終えて仕事をしている。

青雲は温室の硝子《ガラス》越しに空を見る。朝特有の、霞《かすみ》がかかったような薄青の秋空が見えた。太陽の位置はまだ低く、日が昇ってから間もないのだろう。

青雲が立ち上がりながら凝り固まった筋肉を伸ばす。長椅子の寝心地は思ったよりも悪くはなかったが、邸の寝台に比べれば当然固い。

「それは碧蓮城に届ける天花ですか？」

雪華は左腕に菊花を抱えながら、温室に咲く牡丹《ぼたん》もいくつか切っている。持ちますよ、と言って切った花を受け取りながら青雲が問いかけた。

「ええ、起きてすぐに切っておかないと、そろそろ花梨が来ちゃいますから」

「これだけなんですか？」

碧蓮城に天花の加護をもたらすための花だ。片手で抱えられる程度となると少ないように思える。

「毎日届けるから一束くらいでいいんですよ。菊花は切り花にしても長持ちするし、これでも多いくらいです」

今日届ける花はほとんど菊花だった。とはいえ形も色も様々なので、青雲にはまったく違う花のようにも見える。そこに温室で育てた数輪の牡丹を添えて花束が出来上がる。

「ひとまず、すぐにやらなきゃいけないのはこれくらいなので、朝御飯にしますか？」

様子を見て青雲は朝市で何か買ってくるつもりだったのだが、ご馳走《ちそう》になっていいのか、と思いながら頷《うなず》こうとした時だった。

「せっせっせっ雪華様あああああああぁぁぁ⁉」

空高く響く悲鳴のような声を聞くのはこれで二度目である。起きて間もない朝一番に、この声は頭に響く。キンとくる甲高さに、雪華も青雲も眉間《みけん》に皺《しわ》を寄せた。

「雪華様⁉　どういうことですか⁉　なんで青雲様がいらっしゃるんですか⁉　まさか二人とも愛を深めちゃったり確かめちゃったりしちゃったんですか⁉　だだだ駄目ですよまだ婚前なんですから順序は守らないと――」

「花梨、うるさい」

雪華はやや不機嫌な声で言いながら花束を花梨の顔に押し付ける。うぷ、と花を顔面で受けて花梨の声は途切れた。

帝《みかど》に献上する花束をそんな風に扱っていいんだろうか、と思いながらも青雲は見なかったことにする。言わなければわからないし。

「だ、だって今、朝御飯とかおっしゃっていましたよね⁉　それってつまり青雲様は今来たわけじゃないですよね⁉　いつももっと来るの遅いし朝御飯は済ませてますもんね⁉　そこはかとなくたった今目覚めたばかりの男の色気のようなものが漂っているような気がしないわけでもないですしいえ私も未婚ですからそんなの知らないんですけど妄想なんですけど」

大人しくなるかと思ったが、花梨は花束を受け取ってもなお興奮しているようだった。

雪華が苛立《いらだ》たしげに眉《まゆ》をぴくぴくと震わせている。ここは青雲が説明したほうが良さそうだと口を開く。

「護衛としていただけですし、俺は温室で寝たので期待されているようなことは何もありませんよ」

そもそも期待されても困るが。

妙に落ち着いて対応している青雲が、むしろ何かあったと言っているような誤解を与えていると本人は気づいていない。花梨のなかではめまぐるしく妄想が捗《はかど》っていた。

「き、期待しているわけじゃないですよ、雪華様の旦那《だんな》様となれば私だって厳しい目で審査しなくちゃいけないんですから！　とにかく順序は守ってくださいね順序は！」

「だから、何もないって言っているでしょう……」

雪華が重々しくため息を吐き出す。残念ながら花梨には聞こえていないらしい。

「今日は天花を届けたらすぐに戻りますね！　雪華様は調べものがあるんでしょう？天花の世話は私がやっておきますから！」

「ええ、ごめんね」

「志葵国のため、ひいてはまだ見ぬ私の未来の旦那様のためですから！」

ぐっと握り拳《こぶし》を見せて花梨は元気に花束を抱えて百花園を出ていった。朝から嵐のような人である。

「……花梨さん、いい人なのにお相手がいないんですか？」

最初に会ったときも旦那様がどうのと言っていたような気がする。花梨に決まった相手でもいれば少しはおしとやかに……なるんじゃないだろうか。

雪華はそっと目を伏せた。

「……なんとなく理由はわかるでしょう?」

「……ええ、まぁ」

あれが毎日家にいると思うと、申し訳ないがちょっと遠慮したい気持ちになると思う。

その後、朝御飯も終えると雪華は黙々と資料を読み始める。青雲も素振りなどをして鍛錬をしたものの、すぐに手持ち無沙汰《ぶさた》になった。とりあえず自分にやれることを、ということで天花に水をやることにした。そのあとは雑草抜きでもすればいいだろう。だいぶ百花園のことにも慣れてきた。

「……まさか、雪華はあなたに水やりさせているんですか」

半分ほどに水をやった頃に、玄鳥と燕雀がやって来た。雪華が天花の世話をしなくてもいいように彼らも手伝いに来たらしい。

「護衛とはいえ、やることがなくて暇なので」

それに水やりはなかなか体力も筋肉も使うのでいい運動になっている。

「冬家の方にそんなことさせるわけには……俺がやります」

「いえ、このままやらせてください。俺は専門的な手伝いはできませんし」

幽鬼や冥王のせいで、百花園では冬のための準備は少し遅れ始めている。玄鳥たちならば雪華の代わりができるだろう。

「……それじゃあ、お願いします」

若干抵抗があるのかもしれないが、玄鳥は頷いた。燕雀にも何か言われるかと一瞥《いちべつ》したが、目が合うと微笑むだけでなにも言わなかった。とりあえず青雲もへらりと微笑み返しておく。年長者に弱いのは青雲の性質だ。

「このあたりの雑草抜きをするつもりですけど、そのあとは何か手伝えることはありますか？」

いつもなら雪華に指示してもらっていたが、今日は玄鳥に聞いたほうがいいだろう。雪華は集中すると周りの声が聞こえなくなる。

「その頃には花梨が戻るでしょうから、その手伝いをしてやってください」

朝の一件を思い出して青雲はちょっと気まずいなと思ったが、玄鳥は気づかずに燕雀と二人で種まきなどの相談を始めていた。ここで嫌というわけにもいかないだろう。

それから少しすると花梨は戻ってきた。花梨とともに作業をしながら、ついでに目についた雑草を抜く。抜いても抜いてもどこからか生えてくるのだから困ったものだ。

「そういえば、今から種まきとかするんですね」

抜いた雑草を片付けながら青雲が呟《つぶや》いた。冬の寒さで種や芽が死んでしまわないのだろうか、と素人的には思うのだが。

「春に咲く花とかは今のうちに種まきしますね。あとは落ち葉を集めて腐葉土を作ったり、寒さ対策をしたり。冬越しの準備以外にもやることは多いんですよ」

「……なるほど」

花梨に説明されながら、青雲は花を抜いていた。雑草ではなく、天花のひとつである。咲かなくなり、一年で終わってしまう天花はこうして抜いてしまうのだという。そのあとには次に植える天花のために肥料をいれる。

「このあとは冬の防寒対策に腐葉土と藁《わら》を敷きます」

「はい」

腐葉土などは女性の腕力では運ぶのも一苦労だ。こういうときに活躍するのが体力も腕力もある青雲である。花梨は玄鳥と違って遠慮なく青雲にあれこれと頼んでくるので、青雲としても気を遣う必要がなくて気が楽だ。


朝からずっと資料を読みふけっていた雪華は積み重なった書物をまとめると、立ち上がって背筋を伸ばす。いつも花の世話などで身体を動かしているので、半日机に向かったままの姿勢でいるのは辛《つら》い。

「あー……昨日行ったばかりなのにまた城に行くのか……」

おそらくほぼ確定、というところまで冥王が出現する日は絞れた。瑞月のほうがどれほど調べられたのかわからないが、双方の情報を合わせればたぶん確定できるだろう。

とりあえず城へ行くにも青雲に相談しなければ、と小屋を出る。青雲は花梨と一緒に防寒用の藁を敷いているようだった。

仲がいいなと眺めていると、燕雀が歩み寄ってきた。

「雪華様、秋皓月とおっしゃる方が来ておりますが」

「……皓月さんが？」

驚きつつもちょうどいい時に来てくれたと感謝した。おそらく用件は雪華が城へ行こうと考えていた内容と同じはずだ。

「百花園に入ってもらって大丈夫よ」

百花園に入るには珀凰か雪華の許可がいる。おそらく珀凰が許可状を持たせているんだろうが、真面目そうな皓月がずかずかと入ってくるはずがない。

青雲を呼び、皓月の話を一緒に聞くことにする。どうせ青雲にも話しておかなければならない内容だ。

「突然の訪問、お許しください。急ぎお話ししたいことがございまして」

頭を下げながらそう告げる姿に、雪華は瑞月であることがすぐにわかった。燕雀たちの前では皓月と名乗るしかなかったのだろう。

「いいえ、来ていただけて良かったです。ちょうど、わたしも話したいことがあるので」

粗末な小屋の中に入れるのもどうかと悩んだ末、雪華は瑞月を温室に案内した。残念ながら優雅にお茶などを出せるような場所ではないし、隅のほうには青雲が寝るのに使った毛布や長椅子が見えてしまっているが。

「すみません、こんな場所で」

「いえ、むしろ百花園の中に入れる機会に恵まれるとは思ってもみなかったので嬉《うれ》しいです」

瑞月は目を輝かせながらきょろきょろと周りを見ている。知的好奇心が抑えきれないらしい。青雲はそんな瑞月の気持ちがわかるのかうんうんと頷《うなず》いている。

「百花園なんて生きていて中に入れる機会はそうないですもんね」

「あなたは毎日来ているじゃないですか……」

青雲にとってはもうそれほど物珍しいものでもないだろう、と雪華は思わず呆《あき》れた顔になる。

「温室というのも、初めて見ました。陛下が西国を真似たとおっしゃっていましたけど……」

瑞月が温室のなかを見回しながら呟く。硝子《ガラス》張りの建物というのは珍しいだろう。そのなかでは季節問わずに花が咲いているのだから瑞月にとっては興味深いものばかりかもしれない。

「妙なものを造ったなとは思いましたが、なかなか便利なので今は評価しています」

雪華もそれは認めざるを得ない。青雲の寝床にもなったのだから、十分すぎるほど役に立ってくれている。

「この時季の百花園は花が少ないですけど、春や夏ですともっと華やかですよ」

「へぇ……」

つい目的を忘れて観察に夢中になりかけた瑞月は、わざとらしくこほんと咳払《せきばら》いをしながら切り替えて、改めて雪華と向き合った。

「それで、お話ですが」

「はい」

瑞月の微笑ましい様子に、青雲はにこにこと笑っている。雪華も少しだけ気持ちがわかった。なんとなく、碧蓮城にいるときよりも瑞月の肩の力が抜けているような感じがする。

「私はおよそ百年前と、三百年近く前の資料をあたっておりました。その頃に大きな災害がありましたから。冥王について、公式な記録にはありませんが、当家の当主の手記に幽鬼が増えたなどの描写がありまして……」

瑞月は持ってきたらしいその手記を手に話し始めた。

「どうやら冥王は復活の際に周囲の幽鬼を取り込むようです。冥王の出現前に邪気が増し幽鬼が増えるのはそのせいかと」

「幽鬼を取り込む……」

瑞月の言葉を想像してしまったのか、青雲が青い顔で呟いていた。

「じゃあ俺が必死で幽鬼を狩っていることも効果があるんですね」

青雲の言葉に「もちろんです」と瑞月は頷いた。

「取り込む幽鬼の数を減らせば冥王の弱体化に繋《つな》がります。……おそらくですが、冥王には核となる強い幽鬼が必要なのではないかと」

「核となる幽鬼……？　それはどういうこと？」

そんな話は聞いたことがない。雪華が首を傾げると瑞月は「おそらくですが」と前置きをした上で語る。

「一定の周期で冥王の封印が弱まり、邪気が増す……そうなると幽鬼が増えます。これは冥王の核となる幽鬼を生み出すためではないかと推測してます。封印が弱まるとすぐに復活できるわけではないと思うんです」

冥王の前兆となる現象にも意味がある。現状と過去の記録から瑞月はそう考えた。

「より強い幽鬼を核とし、多くの幽鬼を取り込んだ冥王は蓬陽に災いをもたらします。過去に起きた災害がそれです」

「さすがですね。頼りになります」

瑞月はこの短時間でここまで調べて推測まで立てたのかと雪華は驚きながらも感心している。

「私も秋家の人間ですから、これくらいは。それで、おそらく冥王が復活するのは――」

「次の満月、ですよね」

瑞月の言葉の先を、雪華が告げる。

「はい。……良かった、同じ結論のようですね」

ほっとしたように瑞月の表情が和らいだ。

温室に案内して良かったと雪華は笑う。今の顔は、誰が見ても女性にしか見えない。外で話したりしていたら玄鳥たちに見られてしまう。

「わたしは冥王花について調べていました。記録によると冥王花は満月の夜に咲くそうです」

冥王花に関しては少し記録が残されていた。もともと、花守は天花についての記録は事細かに記しておく。それが百年以上前から続いていたことに雪華は感謝した。

「確か次の満月の夜は……」

夜に幽鬼狩りに出ている青雲も、月の満ち欠けは覚えていたらしい。特に新月の夜は暗くなるので強く記憶に残っているのかもしれない。つい先日が新月だった。

「……あと十日ほどですね。引き続き、何か手がかりがないか調べておきます」

瑞月が手伝ってくれるのは心強い。本来、雪華はこういう調べものなどは得意ではないのだ。

「そうですね、こちらも何かわかればお知らせします。それと……」

「はい？」

ちらりと雪華が瑞月を見ると、彼女は不思議そうに首を傾げた。

「その後、大丈夫ですか？」

雪華が問うたのは、瑞月自身のことだった。邪気が増えている、という点については瑞月の身にも危険が及ぶ可能性があることを忘れてしまっていないだろうか。

「あ……はい、変わりありません」

「皓月さんが出てこないので少し心配しました」

百花園に来てから、雪華たちと会話しているのはずっと瑞月だ。碧蓮城ではわりと皓月も会話に交じってきていたので何かあったのかと思ってしまう。

「ご心配おかけしてすみません。碧蓮城の外では、あまり出ないようにしています。影響があるといけないので」

「用心にこしたことはないですしね」

なるほどと青雲は頷いている。だが二人は肝心なことを忘れているらしい。

「……ここは百花園ですから、邪気の影響はほとんどありませんよ？」

何と言ってもこの百花園に咲いている花は天花だ。碧蓮城よりも邪気は薄くなっている。

「……あ、そうでしたね」

青雲と瑞月はそのことをすっかり忘れていたらしい。少し抜けたところのある二人だ。

それでは、と瑞月は短時間で百花園を去った。彼女も多忙な身の上だ、どうにか仕事の合間を縫ってやって来てくれたのだろう。

さて少しは身体を動かそうかと雪華が考えていると、花梨が駆け寄ってきて雪華の腕を摑《つか》んだ。

「ちょっとちょっと雪華様！　今のはどういうことですか！　三角関係ですか⁉」

「何がどうしてそうなるの」

興奮気味の花梨に雪華は呆れるしかない。花梨のこのなんでも恋愛に繋げてしまう思考は少しどうにかしたほうがいいかもしれない。

「中性的で知的な文系男子か、あるいはちょっと頼りなさそうに見えて腕っ節がいい青雲様か……悩ましいところですね」

真顔でぶつぶつとそんなことを言っているが、独り言といえるような声量ではない。

そもそも悩ましいとかそういう問題じゃないのだ。

「何を悩むっていうの……」

「花梨さん、俺に全部聞こえていますよ」

遠い目をした青雲がそう言ってきても花梨の妄想はなかなか止まりそうにない。

そもそも花梨には皓月という男性に見えていても、実際のところ瑞月は女性だ。女性にしては背が高いし、中性的な顔立ちなので瑞月は今まで女性と気づかれなかったんだろう。碧蓮城では珀凰が手を貸しているのだろうし、よほどのことがなければこのまま隠し通せるのかもしれない。

「どのような用件だったのですか」

珍しく燕雀に声をかけられて、雪華は少し驚いた。それこそ雪華相手でさえ必要最低限の話しかしないような人だ。

「ただの経過報告ですよ。わたしが碧蓮城に行きたがらないので皓月さんがわざわざ来てくださったんでしょう」

いくら相手が燕雀と言っても、冥王花や冥王について詳細に話しておくわけにはいかない。信用していないというわけではないが、重要事項を知る人間は限られていたほうがいい。

「そうでしたか」

「もしもまた来ることがあったら、わたしに確認を取らず百花園に入ってもらってかまいません」

「承知致しました」

さすがに何度も来ることはないと思うが、緊急時にはありえるかもしれない。瑞月の身を考えれば百花園は安全で安心な場所だ。

燕雀が百花園にいることが稀《まれ》なのでむしろ玄鳥や花梨に伝えておいた方がいいのかもしれないが、今の花梨には妄想の種を与えることになるだけだ、やめておくべきだろう。

冥王が現れる日は特定できた。残された十日という期日で雪華は花守としての務めを果たさなければならない。無事に冥王花を咲かせることができるように、雪華は気を引き締めた。

五章　春の雪の華

冥王の出現する日を特定してから、十日は瞬く間に過ぎた。この十日間、雪華と青雲は少しでも多くの幽鬼を狩り、冥王の力を削《そ》ぐことに注力した。

そしてそれは、冥王花が咲くと予想されている日の午前のことだ。

「……冬家から呼び出し？」

青雲が渋い顔で「困った」と言い出したのだ。

「兄が体調を崩したので、代理が必要らしいんです。すぐに終わるとは思いますが……」

ここしばらくすっかり慣れた様子で百花園の手入れの手伝いばかりしていた青雲だが、普段は珀凰の護衛の他にも冬家の当主代理を務めている。

雪華はまだ代替わりした冬家の当主には会ったことがないが、青雲曰《いわ》く身体が弱いのだそうだ。

思えば邪気が増えてからというもの、冬家に関することは後回しにしてばかりいたんじゃないだろうか。

「行ってもかまいませんよ？　今は玄鳥たちもいますし、危険なんてそうないでしょうから」

冥王花が咲くのは夜だ。夕方までに戻ってきてもらえれば問題ないだろう。

冥王が蓬陽のどこに出現するかは、結局未だ特定できていない。どんなに過去の記録をあたってみても明確にここだと言いきれるような場所はなかった。

「ですが、俺は今あなたの護衛ですし……」

「今の今まで何もなかったじゃないですか。一人でいるわけじゃないですし、花梨もそろそろ戻ってきますし」

青雲はかなり警戒していたが、雪華を狙うような輩《やから》は一切現れていない。珀凰の手腕なのか、冥王についての情報も流出した気配はなく、このままうまくいけば秘密裏に片付くのではないだろうか。

「朱家の人たちもいますから。警戒を怠っているわけではないですし」

隠密行動が多すぎて姿は見えないが、朱家の人たちも蓬陽の街を見回り、冥王出現の兆候がないかあちこち動き回ってくれている。蒼家は天花の灰を撒《ま》いたりして市街への影響を最小限に抑えようとしているし、現状できる限りのことはしている。冬家と黒家は珀凰からの命令で碧蓮城の警備を強化しているはずだ。

「今日は花梨か玄鳥と必ず一緒にいるようにしますから、行ってきてください。日が暮れる前には戻ってきてくれれば大丈夫ですよ」

青雲の性格上、ここで兄からの呼び出しを蹴《け》ってもあとから後悔するだろう。妥協案として雪華が言っていることも、決して油断などから出てくるものではない妥当なものだ。

大丈夫だと何度も言い聞かせると、ようやく青雲は諦《あきら》めたように頷《うなず》いた。

「……何かあれば連絡ください。すぐ戻ります。早めに帰ってきますから」

「本番は夜ですから気にしないでください」

真剣な顔でそう言う青雲に、雪華は半ば呆《あき》れながら答える。青雲は少し過保護すぎる。

朝一番に冥王花の状態は確認してある。蕾《つぼみ》が大きく膨らんでいたので、今夜咲くのは間違いないだろう。

絶対に一人にならないでくださいよ、と何度も念を押して青雲は冬家に帰った。

「心配性にもほどがあるわ」

まったく、とため息を吐きながら雪華は久々に花に水をやっていた。青雲と約束したとおり、すぐそばには玄鳥がいる。

「おまえが相手ならそれくらいでいいかもな」

「どういう意味よ」

同意してくれない玄鳥を雪華はじとりと睨《にら》む。玄鳥は黙々と水やりをしていて雪華のほうはちらりとも見なかった。

「おまえはわりと、自分のことが二の次だから」

表情もなく、玄鳥はさらりと言い切る。

「そんなことは……」

「花守としての務めを優先して、おまえ個人のことは蔑《ないがし》ろにしがちだ。やりたいことのひとつやふたつ、あるんじゃないのか」

見透かすような玄鳥の言葉に、雪華は息を呑《の》む。

やりたいこと、やり残していること、目を逸《そ》らしてきたこと。……ずっと雪華の頭の片隅に追いやってきた母のことだ。

水やりが終わると花梨が碧蓮城から戻ってきた。そのあとは春に咲く花の種を蒔《ま》き、落ち葉を集めておく。城から戻ってきたすっかり萎《しお》れてしまった天花を燃やして灰にすると、袋に溜《た》めておく。

幽鬼狩りや冥王の一件のせいで多少作業が遅れていたものの、ここ数日は青雲だけではなく玄鳥たちが毎日来ていたおかげで遅れを挽回《ばんかい》するどころか、すぐにやることがなくなってしまった。

「……ねぇ玄鳥。ちょっと頼みがあるんだけど」

手持ち無沙汰《ぶさた》になってしまった昼過ぎ、雪華が玄鳥に声をかける。

「なんだ改まって」

「邸《やしき》に行こうと思って。……ついてきてもらえる？」

一人で行動しないと青雲と約束してしまったので、それを破るわけにはいかない。

「……ついに？」

玄鳥が、雪華の目を見る。

まるで雪華の覚悟がどれほどのものか探っているようだった。ついに香蘭を浄化するのか。そう言われると雪華はすぐに頷くことができなかった。

「ううん、それはまだ……わからないけど」

ただ、杏樹や青雲の話を聞いてからというもの、香蘭と話をしてみたいと思うようになった。母親としての香蘭を、雪華はすっかり忘れてしまったような気がするから。

「……とにかく、一度行ってみようかなと思って」

雪華はきちんと香蘭と向き合うべきなのだと思う。それができるかどうか正直まだ自信はないが、随分と足を運んでいないので、一度邸の様子を見ておくのも悪くない。

邪気が増えてからというもの、春家の邸やそこにいる香蘭については何度か報告を受けている。今のところ増加した邪気によって香蘭が鬼に変わってしまうような予兆は起きていない。

花梨は留守番として百花園に残り、玄鳥と燕雀と共に春家の邸へ向かう。

邸は雪華の記憶にあるときのままだった。壁沿いに植えられている梅花はまだ咲いていない。門の近くにある低木の瑞香《ずいこう》も咲くのは春だが、葉は瑞々《みずみず》しく弱っている気配もない。荒れたような様子は特にないので、燕雀がきちんと管理していてくれたのだろう。

「……あ」

まだ門の外にいる雪華が邸のなかの様子を窺《うかが》うと、香蘭が見えた。透けた身体はまさに幽霊そのものだが、生前の美しい姿のままだ。

母さん、と雪華が小さく零《こぼ》し、門の中へと一歩踏み出した。香蘭は雪華に気づくと驚いて目を丸くしたあとで、花が咲くように嬉《うれ》しそうに笑った。ああそうだ、この人はこんな風に笑う人だと雪華は懐かしくなる。

「燕雀！　おまえ何を……！」

「――え？」

雪華が振り返ると、燕雀は玄鳥の頭部に大きな石を叩《たた》きつけていた。

「玄鳥！」

悲鳴とともに雪華が玄鳥の名を叫び、玄鳥に駆け寄ろうとした雪華の腕を、燕雀が摑《つか》む。その燕雀を雪華は睨みつけた。

「燕雀さん、何を――！」

燕雀の黒い目は冷たい色をしていた。表情のまったくない顔で雪華を見下ろしている。

「駄目ですよ……香蘭様は、まだ我々にとって必要な方なんです」

燕雀がそう呟《つぶや》く。雪華に言い聞かせているようにも聞こえたが、ただただ己の望みを口にしているだけかもしれない。玄鳥は呻《うめ》きながら地面に伏していて、その頭から血が流れていた。赤い血が地面にじわじわと広がっていく。

「離して！」

『雪華！』

雪華が抵抗するのと、香蘭が声を上げたのはほぼ同時だった。燕雀には香蘭の声が聞こえていないのだろう。姿もどれほどはっきり見えているのかわからない。少なくとも雪華を助けようと手を伸ばしている香蘭は目に入っていないようだ。雪華の目には香蘭が透けた幽霊特有の儚《はかな》い姿で雪華を助けようとしてくれているのが見える。

『燕雀！　やめなさい！　どうして……！』

「香蘭様を、浄化などさせない」

香蘭の願いもむなしく、そう告げる燕雀は光のない昏《くら》い目をしていた。

青雲が百花園に戻ってきたのはそろそろ夕方になるという頃だった。思った以上に家で引き止められてしまい、百花園に戻るために青雲は急いで馬を走らせる。

今夜は勝負の時だ。それに遅れることなど許されない。今頃雪華はしっかり準備を終えているだろう。

しかし百花園に着いて早々、青雲の目に飛び込んで来たのは地面に倒れる花梨の姿だった。

「花梨さん⁉」

青雲は慌てて駆け寄って花梨を抱き起こす。見える範囲に怪我はないようだが、明らかに異常だった。百花園には他に人がいないようで、静けさがやけに際立っている。

「せ……うん、さま？」

何度か名を呼びかけると花梨が目を覚ました。青雲はほっと安堵《あんど》しながら起き上がる花梨の背を支える。

「いったい何があったんですか」

問いかける声が自然と低くなる。雪華や玄鳥はどこにいるんだろう。

「燕雀さんに……殴られて……」

「燕雀殿が……？」

けほ、と小さく咳《せき》をして花梨は頷く。

予想すらしていない人物の名に、青雲は驚いた。燕雀が花梨を襲う理由なんて、まったく思いつかない。

「……昼間、雪華様が邸に行くとおっしゃって……燕雀さんと玄鳥と一緒に出かけたんです」

花梨は徐々に意識がはっきりしてきたのだろう。まだ痛む腹を撫《な》でながら青雲がいない間のことを語り始めた。

「……春家の邸に？」

雪華が香蘭と向き合おうと考え始めていることは知っていた。杏樹の話を聞いて、香蘭とも話してみたくなっているのだろうと。だが今日行動に移すなんて思わなかった。

「……それから少ししたら燕雀さんだけが戻ってきて、それで……」

花梨は突然殴られたのだという。

太陽はそろそろ西の空に沈む。この時刻になっても雪華がまだ百花園に戻ってこないというのは明らかにおかしい。玄鳥はまだしも、雪華は今夜がどれだけ重要な日かわかっているはずだ。

「雪華様は？　いないんですよね……!?　どうしよう、何かあったんですきっと……！」

燕雀の行動といい、青雲が不在のうちに雪華の身に何か起きているのは間違いない。やはり、そばを離れるべきじゃなかった。

「落ち着いてください。俺が春家の邸に行ってきます」

最優先で雪華の安全を確認しなければならない。青雲がそう力強く告げると、花梨は少し落ち着きを取り戻した。強い目で青雲を見るとしっかりと頷《うなず》く。

「雪華様をお願いします……！」

祈るように両手を組む花梨に見送られ、青雲は百花園を出た。

つい先ほど急がせた馬を宥《なだ》めながらもう一度急いでくれと鬣《たてがみ》を撫でる。愛馬は心得たように青雲の期待に応《こた》えてくれた。

燕雀が花梨を襲ったのなら、雪華は今どうしているのか。そもそも燕雀は何故花梨を襲ったりしたのだろうか。疑問はいくつも浮かぶが青雲には真実はわからない。燕雀がどういう人間なのかも知らない。雪華の無事を確かめるために今はただ急ぐしかなかった。

秋の夕暮れは早い。空が赤く染まってきていて、その眩《まぶ》しさに青雲は目を細めた。春家の邸《やしき》に向かう途中の人通りの少ない道で、赤い夕陽のなかにきらりと光る金色を見つける。その美しい金の髪は見間違えようがない。だが何故ここにいるのだろうか。

「香蘭さん……!?」

目の前に現れたのは春家の邸にいるはずの香蘭だ。そして香蘭は出会ったときの姿から変わってしまっている。全身に邪気がまとわりついていて、金の髪も半分が黒い邪気に覆われている。どうにか見える片方の翡翠《ひすい》の瞳《ひとみ》には涙が浮かんでいた。

「香蘭さん、その姿は――?」

『お願い……助けて！　雪華が……！』

香蘭の声も変質してところどころ聞き取りにくくなっていた。苦悶《くもん》の表情を浮かべながら香蘭が必死に訴えてくる。どうにか聞き取れた内容は青雲が想像していた最悪のものだった。

『燕雀に襲われたの……！』

香蘭は苦しそうに両手で喉《のど》を押さえながら、かすれた声でそう告げる。両手の指先は壊死しているかのように真っ黒になっていた。

どう見ても香蘭は普通じゃない。濃すぎる邪気のせいで鬼に成り果てようとしている。

「しっかりしてください！　まだ雪華さんと何も話せてないじゃないですか！　伝えた

いことがあるんでしょう⁉」

『雪華を……！』

香蘭の口から邪気が吐き出される。邪気に覆われ黒く染まりつつある翡翠の目が乞《こ》うように青雲を見た。

『私の娘を、助けて……！』

その瞬間、香蘭の姿は掻《か》き消えた。わずかに残った黒い邪気もそのまま街のなかへと流れていく。

まるで白昼夢だ。

手綱を握る手に力を込めると爪が手のひらに食い込む。その痛みが夢ではないことを教えてくれた。春家の邸にいた香蘭が力を振り絞って雪華の危機を伝えに来てくれたのだろう。

青雲がさらに早く馬を走らせると、やがて春家の邸が見えてくる。青雲が門の前で馬から降りると、すぐそこで倒れている人物を見つけた。

「玄鳥さん！」

青雲が駆け寄ると玄鳥は唸《うな》りながら目を開けた。額から血が流れている。

「動かないでください、止血します」

ひとまず手巾《しゅきん》で玄鳥の傷口を押さえる。

「俺のことはいいですから、雪華を……！」

玄鳥が急《せ》かすものの、このまま見過ごすわけにもいかない。手早く応急処置をすませると青雲は立ち上がった。

「ひとまずはこれで大丈夫だと思います」

「ありがとうございます……」

「雪華さんは……」

どこへ連れて行かれたのだろう。玄鳥は知っているのだろうか。

どうすればと焦りを覚えながら青雲が顔をあげた瞬間、かすかに銀桂《ぎんけい》の香りがした。

「え……」

驚きで青雲は目を見開く。その目線の先、春家の邸の入口には消えたと思った香蘭の姿がある。ここまでついて来ていたのだろうか？　しかしその姿は先ほどよりも邪気に覆われていた。

『あ、あああああああああ』

香蘭の金色の髪が乱れ、透けた手が掻きむしるように喉に爪を立てていた。その口からもはや言葉は紡がれなかった。瞳から黒い涙が零《こぼ》れる。邪気に吞《の》み込まれまいと抵抗しているように見えた。

「香蘭さん！」

このままでは香蘭は鬼になってしまう。そして冥王が復活しようとしている今、蓬陽にいる幽鬼は冥王に取り込まれてしまうだろう。

祓鬼剣を抜いて駆け寄ろうとする青雲の前に邪気が湧き上がる。

『香りを……銀桂の、香りをたどって……！』

香蘭は蹲《うずくま》ったまま、とある方向を指差した。その方向へ青雲が目を向けると、またかすかに銀桂の香りを感じ取る。

ほとんど邪気に覆われた香蘭が、青雲を見て微笑んだ。やり遂げたと言いたげなその顔に青雲は香蘭へと手を伸ばす。しかしその瞬間、香蘭は大きく膨らんだ邪気に包み込まれた。

青雲の目の前に広がるのは真っ黒な邪気だ。あらゆる闇が集まってもこれほど深い黒にはならないだろう。他のどんな幽鬼よりもおそろしいと感じた。青雲の本能がその存在と向き合うことを拒んでいる。

――ああ、これが冥王だ。

恐怖と嫌悪感で全身が粟立《あわだ》つ。目にしたくない、そばにいたくない。そう思わせる大幽鬼がそこにいた。

それでも逃げる訳にはいかない。青雲が奥歯を嚙《か》み締めて剣を握り直した瞬間、邪気を纏《まと》った大きな化け物は、空へと高く飛び上がりその場から消えた。

雪華は手首を縛られ、邸の一室に閉じ込められていた。

陽の光の届かない、半地下の部屋だった。隠し部屋といったところだろうか。好意的に考えれば万が一の時に身を隠すための部屋、そうでない場合はあまり良い用途には使われない部屋だろう。今のところ拘束されているだけで、ひどい扱いは受けていないし、そのための道具もあるようには見えない。

燕雀はこの部屋に雪華を放り込むとしばしどこかへ行っていたようだが、つい先程戻ってきた。

灯りとなるのは頼りなさそうな蠟燭《ろうそく》だけだ。窓もないせいで時間の経過がわかりにくい。燕雀が不在の間、雪華はどうにか脱出できないものかと試したが、そもそも内側からは開かないようになっているらしい。

「……どういうつもりですか、燕雀さん」

雪華は燕雀を睨《にら》みつける。燕雀は雪華を冷めた表情で見下ろしてきた。

「それはこちらの台詞《せりふ》ですよ、雪華様。なぜ娘のあなたが、香蘭様を殺そうとなさるのですか」

「……殺すだなんて……母さんはもう死んでいます」

死者を殺すことなんてできるはずがない。燕雀の言い回しに雪華は顔を顰《しか》めた。

「ええ、そうですね。しかしあなたがなさろうとしているのは、殺すことと同義です。香蘭様はまだ地上にいるのに、二度目の死を与えようとしている」

「鬼に成り果てるよりずっといいでしょう⁉」

本来、命の灯火が消えたときに別れを迎えているはずなのだ。幽霊として彷徨《さまよ》う姿が目に映る、会話ができてしまう、だから相手がまだこの世に存在していると思ってしまうだけで、本来はもう地上にいるべき者ではない。

死した時に、世界は隔てられた。見鬼の才を持つものは、それをきちんと理解しなければならない。少なくとも春家や蒼家の者たちはそう教えられるはずではないのか。

「鬼であろうとなんであろうと、あの方であるならかまいません」

「……本気で言っているんですか」

姿形が変わってしまって、自我を失ってもいいというのか。そんな状態でも燕雀にとっては香蘭であると言えるのだろうか。

「雪華様も私と同じ気持ちだったのでしょう？　だから七年間も香蘭様を浄化せずにいた」

燕雀が仄暗《ほのぐら》い笑みを浮かべて雪華を見る。

「あなたと同じなんて……！　そんなわけない……！」

実の母親をこの手で浄化し冥界《めいかい》へ送るなんてやりたくなかった。母と向き合ったときに何か恨み言を言われるんじゃないかと思うと怖かった。産まなければ良かったと、母の口から言われるのを恐れていた。だからずっと香蘭と向き合うことから逃げてきた。

いつも春家の邸からは香蘭の気配が――蘭の香りがしていた。到着したあの瞬間、雪華が香蘭の姿を見つけたときもそうだった。しかし雪華がこの部屋に閉じ込められてから、蘭の香りが消えた。

香蘭はどこへ行ったのだろう。春家の邸《やしき》の外へ出れば、香蘭とて邪気の影響を受ける。

燕雀の意志を変えられるのは、香蘭しかいないのに。

「……そろそろ日暮れですね」

ぎくり、と雪華は身体を震わせる。

日暮れだ。夜になってしまう。

冥王花が咲いてしまったら、冥王が現れる。そのときに花を捧《ささ》げなければ冥王が消えることはない。雪華はこんなところに閉じ込められている場合ではないのだ。

「せっかくですから、一緒に鑑賞しましょうか」

燕雀はそう言いながら、ひとつの鉢植えを部屋の中に持ち込んできた。

「……なんでそれを……！」

冥王花だった。

それは、百花園の温室にあるはずのものだ。冥王花について詳細なことは燕雀に教えていなかった。彼が冥王花を見分ける術《すべ》はないはずなのに、何故燕雀はこの鉢植えを冥王花と理解してここに運び込めたのか。

「『満月の夜にのみ咲き、淡い光を帯びている。花弁は大きく広がり、幾重にも重なり合う。蕾《つぼみ》の頃には薄い青紫色をしているが花開くと色は薄れてほぼ白色。葉には艶《つや》があり葉先が割れている。その花の名は冥王花』」

「どこでそれを……」

「おかしなことをおっしゃる。春家の邸の管理を私に任せていたのはあなたでしょうに。いくらでも調べることができましたよ」

燕雀の立場なら資料を探そうと思えばいつでも探せた。誰かに——たとえば玄鳥にその姿を見られたとしても、虫干ししていたとか整理していたとか言いくるめることも容易《たやす》かったはずだ。

「それに、秋家の人間が百花園に来た時に話していたじゃないですか」

「……盗み聞きしていたんですか」

「隙だらけだったので、とても簡単でしたよ」

温室で瑞月と話していた内容を聞かれていたのだ。もとより信頼していた人間しか百花園には立ち入らせなかった。そのうちの一人である燕雀に裏切られるなんて、あまりの情けなさに悔しさが募る。

冥王花がゆっくり、ゆっくりと蕾を綻《ほころ》ばせる。

外側の細い花弁がまるで針のように広がり、酔いそうなほどに甘い芳香を漂わせる。大きく広がる花弁の色は青白いが、綻んでいくたびに光とともに白さが際立っていくように見える。

——咲く。

冥王花が咲いてしまう。

「雪華様」

仄暗い瞳《ひとみ》が、雪華を見下ろす。その目と目が合うと、ぞくりと背筋が凍る心地がした。

「こんな国、一度滅んでしまったほうがいいと思いませんか？」

それは、子どもに問いかけるような声だった。優しくやわらかく、言い聞かせるような声音をしている。

「香蘭様はその手で、最も憎い夏家を、この国を、終わらせるんです」

蕩《とろ》けるような微笑みと共に、燕雀は告げる。

この男は、こんな顔をする人だったのだろうか。雪華にはよくわからなかった。これは現実なのかさえ疑いたいほどだ。

「……何を言っているんですか。滅ぼす？　国を？　なんのために？」

「色持ちかどうかなんてことで帝《みかど》を決めるから、あんな愚かな男が帝になる。こんな国は壊して、もともとの四国に戻った方がいいんです」

生まれた時に将来が定められる。しかしそれは、色持ちという伝統を捨てたところで変わらない。帝の子は帝に。花守の子は花守に。おそらくそうして形を変えて受け継がれていくだろう。

そしてそれは、悪いことだけでもないはずだ。少なくとも雪華は、定められた将来を受け入れて花守としての務めに真摯《しんし》に向き合っているつもりだった。

「あなたの言う帝は先帝のことでしょう、陛下は――」

　珀凰は違う。それを雪華は知っている。彼は好色家の先帝を毛嫌いしている。食えない顔をしながら、その身を削って朝早くから夜遅くまで執務をこなしているのだ。

「変わりませんよ、あの男と同じ皇帝なんですから。やはりあなたは香蘭様を裏切るんですね」

　しかし燕雀は、聞く耳を持たない。

　むしろ珀凰を擁護する雪華に顔を顰めていた。

「……あ」

　かすかに、蘭の香りがする。それは雪華が知る幽霊である香蘭の気配だ。

　近づいてきている気がする。強い蘭の香りに雪華はほっとした。蘭の香りが強いということは、香蘭は無事だということだ。鬼になるような変化は起きていないはず。もしかしたら、燕雀を説得できるかもしれない。

「……ああ、美しい花ですね」

　燕雀がぽつりと、呟《つぶや》いた。

　声につられて雪華は顔をあげる。冥王花が植えられた鉢植えは、冥王花そのものが不思議な光を帯びているために暗い部屋の中でもはっきりと見えた。

　ゆっくりと開いていた花弁がひときわ強い光を帯びて開く。開花した冥王花は透き通るような白だった。何人たりとも触れることを許されぬ新雪のような、穢《けが》れなき色。仄かに光を纏《まと》う姿はさながら夜の女王であるかのようだ。

——それを。

「でも、香蘭様には相応《ふさわ》しくない」

燕雀は乱暴に冥王花を引きちぎると、その足で踏み潰《つぶ》した。やわらかな花弁は、一瞬にしてぼろぼろになり、冥王花が纏っていた光は消えてしまう。

「やめて！」

雪華の悲鳴が部屋の中に響く。

「香蘭様には、やはり蘭の花が相応しい。気高く美しく、芳しい。こんな陰気な花はいけませんね」

「やめて、その花がなければ——！」

燕雀を止めようと身を乗り出すが、手は縛られたままだ。体勢を崩して雪華は倒れ込む。

「ええ、この花がなければ冥王はこの国に災禍をもたらす」

ぐしゃぐしゃになった冥王花を拾い上げると、燕雀は蠟燭《ろうそく》の火にくべた。あっという間に花は灰になってしまった。

その瞬間、どろりとした悪寒が迫ってくる。閉ざされた半地下のこの場所にさえ、肺を汚染するような邪気が舞い込んできた。そして同時に、強く感じていたはずの蘭の香りがどんどん掻《か》き消され腐臭が混じり始めた。それは香蘭が鬼になりつつあることを示している。

「母さん……！」

雪華が泣きそうな声で叫んでも、香蘭には届かない。

蘭の香りが強くなったかと思うと、それを腐臭が覆い隠してしまう。その香りの変化だけで香蘭が抵抗しているのがわかる。

そしてやがて、幽霊だった香蘭の気配は消え失《う》せて、邪気に取り込まれ壊れていく。

その様子が、目に映らなくとも嫌というほど雪華にはわかった。

「ああ、やはり。香蘭様の憎しみが邪気を集めているんですよ。あの方は、帝も、国も、許してなどいない……！」

そうかもしれない。憎しみが消えないから、七年経ってもまだ地上に留《とど》まっていたのかもしれない。

──けれど。

「母さんは、たとえどんなに憎くても罪のない民を巻き込んでまで復讐《ふくしゅう》しようだなんて考えたりしない……！」

香蘭が鬼となり、冥王となり、志葵国を滅ぼす。なんの関係もない民に死者が出る。

花守は花を育て、死者を慰め、都を加護する。香蘭はその花守であることを誇っていた。花守としての生き方を雪華に何度も言い聞かせてきた。そんな母が、こんな形で憎しみを晴らそうなどと思うはずがない。

「ああ、やはり――」

ぽつり、と声が落ちる。昏《くら》い声だった。

その声に雪華が震えた瞬間。

「ん、ぐっ」

大きな手が雪華の細い首にくい込んだ。握りつぶすように力を込められると、気道が狭められ息が出来ない。見上げた先の燕雀の黒い瞳が、闇を凝縮したもののように澱《よど》んで見えた。

「あなたにも、あの男の血が流れているから――」

そうなんだろうか。

やはり雪華の父親は、先帝なんだろうか。

雪華がこの世で最も嫌いな男。その男の血が、この身体にも流れているんだろうか。

息苦しさに、涙が滲《にじ》む。酸素を求めて口を動かすが、肺はまったく満たされない。視界が掠《かす》れてきた。抵抗するにも、身体に力が入らなくなってくる。

こんなところで。

こんな形で。

雪華は、死ぬんだろうか。

「――雪華!!」

もう駄目だと雪華が意識を手放しかけた時、名前を呼ぶ声とともに、何かを蹴破《けやぶ》るような大きな音と殴打音が聞こえる。そして唐突に肺に空気が戻ってきた。

「はっ……は、はぁ……」

くらくらと眩暈《めまい》がして、身体がうまく動かせない。

「落ち着いて。しっかり息をして」

背中を撫《な》でるあたたかい手に、雪華はひどく安堵《あんど》した。

「……青雲、さん」

「はい」

現実だと確かめるように名前を口にする。呼ばれた本人は、目が合うと雪華を安心させるように微笑んだ。視界の端では玄鳥が燕雀を縄で縛りあげている。燕雀はもとの物静かな印象など消え失せて、口汚い言葉を吐いていた。

「離せ！　香蘭様がこの国を滅ぼす瞬間に私は立ち会わねばならないのだ！」

「……けっこう強く蹴り飛ばしたんですけど、まだ元気ですね」

燕雀を見ながら青雲が呟いた。そして燕雀のもとへ歩み寄り、冷めた目で見下ろして小さく笑う。

「心底愛した女性の本当の望みもわからないんですから、あなたの目は相当節穴だ」

「わかったようなことを言うな！　香蘭様は、ぐっ」

玄鳥に縛られた燕雀の腹部に青雲が思い切り強く拳《こぶし》を叩《たた》きこむ。

「花梨さんの分です」

青雲がそう言ったけれど、燕雀は気を失ってしまったので聞こえていないだろう。

「……よく、ここがわかりましたね」

喉《のど》をさすりながら、雪華は問う。青雲は春家の邸《やしき》には詳しくないはずだ。隠し部屋によくたどり着けたなと思う。雪華の手を縛っていた縄はいつのまにか青雲が切ってくれたらしい。呼吸を整えている間だったんだろうが、手慣れたものだと思う。

「香蘭さんが……教えてくれました。それにこの香り袋は……目印に置いていてくれたんじゃないんですか？」

青雲はそう言いながら懐にしまっていた破れた香り袋を取り出して見せてきた。それは雪華が青雲に渡そうと思って作っていた香り袋だ。燕雀にこの部屋に連れて来られるときにわざと落としたけれど、本当に見つけてくれるとは思わなかった。

「はい。こっそりとしか置けなかったので、賭《か》けだったんですけど」

気づかない可能性も、考えていた。むしろ青雲が気づいてくれたら奇跡だろうと思った。少しでも気づいてもらえるようにと、咄嗟《とっさ》に袋を破って香りが広がるようにしたのだ。

「ちゃんと気づきましたよ。……動けますか」

「ええ、もちろん」

青雲の手を借りて、雪華は立ち上がる。足がふらついたが、青雲の支えで少しよろめくだけですんだ。

雪華が玄鳥を見ると、その頭には包帯が巻かれていた。

「玄鳥、怪我は大丈夫?」

「青雲様が応急手当をしてくださった。俺はこのまま燕雀を見張っておく」

何を頼みたいか玄鳥はわかっていたらしい。燕雀を無罪放免にするわけにはいかない。だが今は冥王を浄化することが最優先だ。

「お願いするわ。でもあまり無理はしないでね。頭を怪我しているんだから」

念のためにそう付け加えると玄鳥は「はいはい」と聞き流している。雪華が気にし過ぎないようにいつも通りに振る舞っているんだろう。

雪華が深呼吸をしたあとで青雲を見上げると、彼は少し悲しげに、しかし厳しい顔で口を開く。

「つい先ほど、冥王が現れました。蓬陽で最も強い幽鬼を核にして。黒く深い邪気を纏い、人々が恐れ嫌悪する——あれが冥王で間違いないと思います」

青雲の言葉を聞きながら雪華は目を閉じる。その言葉を頭の中で繰り返し、拳を握りしめる。

そして、決意に満ちた目でまっすぐに青雲を見た。

「……母さんが鬼になり、そして冥王になったんですよね」

「気づいていたんですか」

「気配で、見なくてもだいたいのことはわかります」

答えながら雪華は燕雀に花を引きちぎられてしまった冥王花の鉢植えを見る。冥王花はすっかり灰になってしまった。

後悔しているような暇はない。わかっているのに、胸の奥底から溢《あふ》れ出る「もしも」が止まらなかった。

「……少し、きついことを言いますよ」

青雲が口を開く。その声に雪華は再び青雲を見た。青灰色の瞳《ひとみ》が、静かに雪華を見下ろしている。

「立ち止まっているような時間も、慰めている暇も今はありません。あなたはあなたの役目を全うしなさい」

青雲の瞳には、気を張りながらも泣き出しそうな顔をした自分の姿があった。

わかっている。痛いほどわかっている。「もしも」なんて考えても時間を無駄にするだけだ。雪華は役目を果たさなければならない。

――だって雪華は、志葵国の花守なのだから。

雪華は唇を噛《か》みしめて頷《うなず》いた。

「百花園に戻ります。冥王を止めないと」

冥王が香蘭であったものならなおさら、雪華は止めなくてはいけない。

蓬陽の街はいつもの夜よりずっと闇が深い。どろりとした邪気が漂って生きている人にさえ纏《まと》わりついてくるようだ。常人に邪気は見えなくても、なんとなく身体が重く感じたりしているだろう。

「雪華様……！」

百花園に着くと、半泣きで花梨が駆け寄ってきたが感動の再会をしている暇はない。手で花梨を制すると、雪華は歩きながら指示を出す。

「花梨、蒼家を総動員して蓬陽の街に天花を撒《ま》いてきて。今ちょうど咲いている菊花を使っていいから、花を崩して花びらにして。このままじゃ邪気の影響が街に出てきてしまう」

「え、え、いいんですか!?　かなりの量がなくなりますけど!?」

街の加護に天花そのものを使うことは今までなかった。しかし既に邪気は濃くなっている。手っ取り早く清めるためには灰などの加工品を使うより天花そのものを使ったほうがいい。幸い菊花は花びらも多いし、それなりの量になるはずだ。

「足りなければ乾燥させた他の天花を使ってもいいから。街を回る時には棚にある精油を灯りに使うように伝えて。使い方はわかるわよね？」

「もちろんです！」

精油を使うための灯りは、百花園に予備を含めれば五つほどある。うち二つほど壊れかけていたのだが、先日青雲が直しておいてくれたはずだ。

「あと春家の邸に誰か行かせて。玄鳥が怪我しているの」

雪華は思いつく限りあれこれと花梨に指示を出したが、花梨は動揺を見せつつも最後は任せてください、と胸を張り駆けだしていった。

「それで、冥王花は？」

雪華の向かう先が温室ではないことに気づいた青雲が雪華の後ろをついてきながら問いかけてくる。

「燕雀に燃やされました」

「そんな……じゃあどうするんですか？」

雪華が答えると青雲はひゅっと息を呑《の》んだ。当然だ、冥王花がなくては、冥王を浄化できない。

「役目を全うしろといったのはあなたでしょうに」

苦笑しながら、雪華は小屋に入っていく。青雲はわずかに躊躇《ためら》いを見せたあとで雪華に続いた。

「よかった。こっちも無事に咲いていますね」

小屋の隅に置いていた鉢植えを見て雪華はほっと息を吐く。

「それは……？」

「国の命運をかけた花が、たったひとつなわけないじゃないですか」

冥王花は、小屋の中にも一株保管していた。万が一のときのための予備だ。温室のものと比べれば幾分か生育が悪かったし、無事に花が咲いているかどうかは賭けだった。

「これを持って碧蓮城に向かいましょう」

「城に……？　冥王を探すのではなく？」

雪華の言葉に青雲が不思議そうな顔をする。

「冥王が復活したとはいえ、おそらくわたしたちが幽鬼狩りをしてきたおかげで、それほど強い力を持っているわけではないんだと思います。それならより強い幽鬼を——幽霊を取り込もうとするんじゃないかと」

「あ、皓月さん……！」

碧蓮城には皓月がいる。冥王がその皓月を狙ってもおかしくはない。

「ええ、そうです。それに……冥王の核となった母さんの憎しみの矛先は『皇帝』でしょうから」

香蘭が抱えていた憎しみは、冥王に取り込まれたことで増幅させられているだろう。

それなら彼女が最も憎んだ存在は『皇帝』であり、それは碧蓮城にいる。予測でしかないが、かなり的を射ているはずだ。


碧蓮城に着くと、雪華と青雲は当然のように珀凰と瑞月が待つ執務室へと駆け込んだ。

事態は城にも伝わっているらしい。誰もが慌ただしく対応に追われている。

「状況は悪いほうかな？」

あまり動じていない顔で珀凰が問いかけてくる。顔を合わせて最初の一言がそれだから、おおよそのことは把握しているらしい。

「最悪ではないですよ」

悪いといえば悪いが、まだ打てる手はある。雪華がはっきりと答えると、珀凰は微笑んだ。

「ならいい。期待してるよ」

それだけだった。

あまりにも珀凰らしくて、雪華は思わず笑みを零《こぼ》す。

「冥王はどんな姿でしたか？」

瑞月が、唯一近くで冥王を目撃した青雲に問いかける。

「姿というものではなかったですよ。真っ黒な邪気が身体を包み込んでいて、かろうじて人の形をしているくらいで……」

「……それは、まだ冥王になりきっていないということなのかもしれませんね」

ふむ、と頷きながら瑞月は呟《つぶや》いた。その様子に青雲は目を丸くする。

「そうなんですか？」

「はい。記録によると冥王は見た人間が最も嫌う存在の姿をしているらしいです。見た目がどんな姿か断定できないような状態なら、まだ完全ではないんでしょう」

この中で冥王を目撃したと言えるのは青雲だけだ。邪気に呑み込まれる香蘭が、他の何かに見えたということはない。

「それなら瑞月さんと皓月さんはここから離れないほうがいいですね。ここの天花は……枯れていないし、萎《しお》れてもいない。城内もまだ天花の加護が生きているみたいですし」

冥王がまだ幽鬼や邪気を取り込むのなら、瑞月たちは危険だ。天花に護られた場所にいるべきだろう。

「それで？　雪華はどうするつもり？」

こんな状況なのに楽しげに笑う珀凰に、雪華はにやりと笑う。

「案はあります。聞いてもらえますか？」

雪華の考えていることはそう驚くようなことではない。

──冥王の狙いは帝《みかど》である珀凰だろう。

その憎しみの核となったのは、香蘭が先帝に抱いていた憎悪だ。その憎しみを向ける相手がいない今、おそらく認識は歪《ゆが》んで珀凰に向けられている。

ならば珀凰に近づいてきたところを浄化すればいい。そうすればこちらは冥王を待ち構えることができるし、被害も最小限に抑えられるだろう。

「……陛下を囮《おとり》にするなんて言い出せるのはあなたくらいだと思います」

「あなただって思いついてはいたでしょう」

珀凰本人は「やっぱりそれが一番いいだろうね」と笑ってあっさりと囮を引き受けた。

珀凰のこういうおおらかなところは美点だと思う。

今雪華たちがいるのは、碧蓮城にある庭園だ。

ある程度ひらけた場所で、かつ多くの人の目にはつかないところをと珀凰が選んだ。

珀凰の私室に近いこの場所は、限られた者のみが足を踏み入れることを許されている。

庭園の近くの部屋に飾られていた天花は場所を移したので、邪気が集まりやすくなっているはずだ。

「こちらに向かってくるなら民への被害は最小限に抑えられるだろうし、案としては最善だけど……皇帝を囮にするだけでなく、働かせようとするのは雪華くらいだと思うよ」

そう言いながらも珀凰は雪華の提案通りにしてくれている。その手にあるのは破邪の弓だ。

「仕方ないじゃないですか。これは予備として育てていた冥王花なので、少し小さいんです。きちんと効果があるかどうか……」

燕雀に燃やされてしまった冥王花よりも花は一回りほど小さい。だが小さいながらも白い花弁は豊かに、美しく開いている。これが冥王を浄化する決め手だけにどう影響するかわからないので、少しでも冥王を弱体化させようと話し合いで決まったのだ。

「それに、ただ立っているだけじゃ暇でしょう？　あと、弓鳴らしを提案したのは瑞月さんです」

珀凰も何かできないかと雪華が言って、瑞月がそれなら弓鳴らしをしてはどうかと言い出したのだ。

「そして冬家から破邪の弓を持ってこさせたのは青雲だね」

「いやそれは、少しでも効果が高いほうがいいかなと思いまして……？」

破邪の弓は祓鬼剣同様、冬家が所有している幽鬼狩りなどに使われる武器だ。祓鬼剣ほど強いものではないが、つるを鳴らすことで邪気をある程度浄化できる。

「じゃあ仲良く全員共犯ってことで」

面倒になって雪華がそうまとめると、青雲だけは「ええ……」と不満げだった。珀凰はもともと面白がっているだけだ。

和気藹々《わきあいあい》とした雰囲気になりかけていたが、次第にどろり、とした邪気が庭園を包み始めた。その気配に鳥肌が立ってくる。

「……くる」

夜の闇よりもさらに深い、混沌《こんとん》としたそれがひたりひたりと近づいてくる。

その存在が目に入った瞬間、雪華は呼吸を忘れた。

他の人の目には、どう映っているのだろうか。それはおびただしいほどの穢《けが》れを纏《まと》い、腐臭すら漂わせ、それでもどうにか『人の形』をしていた。

冥王は、雪華がこの世で最も嫌う男の姿をしていた。

「………先、帝」

それは、皓々《こうこう》と照る月を背後にゆったりと佇《たたず》んでいた。蘇《よみがえ》ったのかと思うほど、その姿は生前のままだ。囮役の珀凰は不快そうに眉《まゆ》を寄せている。雪華の隣にいる青雲は、顔色ひとつ変えていない。

　こんなに動揺しているのは自分だけなのではないだろうか。冥王はこの世で最も嫌いなものの姿をしている。それがまさか死者の姿さえ象《かたど》るとは思わなかった。

「雪華さん」

　大丈夫ですか、と。心配そうに問いかけてくる青雲の声で、雪華は自分が震えていたことにようやく気づく。平気です、大丈夫ですよと答えたいのに唇は動かなかった。

　目に入れたくないほど嫌いだ。

　近づきたくないほど嫌いだ。

　吐き気がするほど嫌いだ。

　殺してやりたいほどに嫌いだ。

　怒りと憎悪で頭がいっぱいになる。これも邪気の影響なんだろうか。冥王花を握る手が震え、大切な花を落としそうになったその瞬間、ビィィィンッと弓が鳴った。珀凰が弓のつるを引き鳴らしたのだ。

　音が広がるとともに、空気の重苦しさが少し和らぐ。雪華がはっと顔を上げると、青雲が祓鬼剣を手に駆け出しているところだった。

「雪華、あれは冥王だよ」

　そう言いながら、珀凰がまた弓を鳴らす。琥珀色《こはくいろ》の目が雪華を見た。しっかりしろと言われているみたいだ。雪華は息を吐くと、きゅっと唇を引き結んだ。

再び弓が鳴る。頭の中の靄《もや》が晴れていくようだった。

目の前にいるのは、できることなら直視したくない存在だ。だが所詮《しょせん》、あれは偽物。本当の先帝ではない。そう思えば少しは気が楽になる。

「冥王はまだ完全体ではないんだと思います。そのまま弱らせてください！」

人の形をしているものの、ところどころ形が不安定だ。まだ邪気を取り込んで成長している最中なのか——もしかしたら、冥王の核となった香蘭が抵抗しているのかもしれない。

「剣でも、少しは弱るみたいですね……！」

青雲がそう言いながら冥王に斬りかかる。先帝の腕が青雲に斬り落とされた。雪華の目にはそう見える。

怖くないんだろうか。あんなに幽鬼を怖がっていたくせに。その最たるものである冥王相手に、青雲はまったく怯《ひる》んでいなかった。思えば良順を斬った日から青雲はどこか吹っ切れたように見える。何か覚悟ができたんだろうか。

青雲があんなに奮闘しているのに、雪華が震えて縮こまっているわけにはいかない。雪華は百花園から持ってきた精油の小瓶を取り出す。

「邪気が多いな」

「はい、今精油を使って少し浄化を——あれ？」

珀凰と話しながら、雪華は思わず動きを止めた。冥王が纏うひどい腐敗臭のなかで、かすかに芳しい香りがする。

「蘭の、香りが――」

雪華はまだ天花の精油を使っていない。それに、蘭の精油は持ってきていないのだ。だからこれは、精油でも生花でもない、おそらく雪華だけが感じている香りだ。

「蘭の香り？　そんな香りはしないけど……」

珀凰にわからないなら、間違いなくこれは雪華が感じ取っている幽霊の気配だ。

「これは母さんの気配です！　陛下、もっと弓を鳴らしてください！　青雲さんもっと冥王を弱らせて！」

「雪華は人使いが荒いなぁ」

「わかりました！」

雪華がそう声を上げると、珀凰は文句を言いながらも弓を鳴らす。青雲は再び冥王と距離を詰めて斬りかかっていた。

弓が鳴るたび、青雲が冥王を斬るたびに蘭の香りが強くなる。まるで香蘭が少しずつ意識を取り戻しているようだった。蘭の香りを確かめるために精油は使えない。香りが混ざってしまったら、このかすかな繋《つな》がりさえ一瞬で消えてしまいそうで怖かった。

青雲がまた冥王の片腕を落とした。獣の咆哮《ほうこう》のような声があたりに響く。

「雪華さん！」

冥王の形が崩れていくのを見て、雪華は冥王花を手折った。冥王花から甘く芳しい香りが広がる。

動け、と自分に命じる。正直震えが収まったわけではなかった。今だって怖い。冥王は死と災禍の象徴のようなものだ。本能的に恐怖を感じてしまう。足に力を入れて、強く地面を蹴《け》る。一歩踏み出すことさえできればどうにかなった。

冥王までの距離はそれほど離れていない。全速力で駆ければすぐだった。

冥王の纏う邪気は濃く、少し吸うだけで喉《のど》に張りついて不快感を与え、さらに肺を汚染していくようだった。泥水のなかに飛び込んだような感覚だ。手足が重くなり、自由が奪われていくような気がする。

嚙《か》み締めた唇から血の味がした。それが気を抜けば邪気に吞《の》み込まれてしまいそうな雪華の意識を保たせる。

「――雪華さん！」

青雲の声がとても遠くにあるようだった。

そういえば、冥王花を捧《ささ》げた花守はどうなるのだろう。記録には何も書いていなかった。

雪華の視界が黒い邪気に侵されていく。燕雀に首を絞められた時と似ていた。息がうまくできなくて苦しい。

霞《かす》む視界のなかで、雪華は香蘭の姿を見つけた。雪華と同じ、金色の髪に翡翠《ひすい》の瞳《ひとみ》だ。

その目が気遣わしげに雪華を見ている。冥王が浄化され始めているのだろう。

「かあ、さ」

子どもみたいな声が口から洩《も》れた。

ごめんなさい。生まれてきてごめんなさい。そう泣き叫んでしまいたくなる。本当に言いたいのはそんなことじゃなかったはずなのに。

「雪華さん！　言いたいことも言葉にしなければちゃんと伝わらないんでしょう⁉」

青雲の声がした。さっきよりもずっと近かった。

「かあさん」

震える声で母を呼ぶ。ああ声が出た。かすかに息ができる。大きく息を吸うと、芳しい蘭の香りがした。母さんの香りだ。それだけで背中を押されているような気がした。

「もっと一緒にいたかった。もっともっといろんなことを教わりたかった。わたしが一人前になるまで、そばで見守っていてほしかった」

雪華の頰を涙が流れ落ちていく。溢《あふ》れてくるのは小さな子どものような頼りない声だった。本当は幽霊でもいいから一緒にいたかった。香蘭を浄化なんてしたくなかった。

「大好きよ。大好きよ母さん。わたしを産んでくれてありがとう。わたし、母さんの娘で良かった」

雪華の言葉に香蘭は微笑んだ。ふわりとあたたかい手が雪華の頰を撫《な》でるような感覚があった。

『雪華』

微笑む香蘭は、とても優しい顔をしていた。こういうときの香蘭の顔は、きっと志葵国の誰も知らない。雪華だけが知っている『母親の顔』だった。

雪華の手にある冥王花を、大事そうに香蘭が受け取る。『綺麗《きれい》ね』と香蘭は優しく微笑んだ。

『堂々と、気高く生きなさい。春に咲く、あの雪のような花みたいに――』

花びらが散りゆくように冥王の姿が崩れていく。薄れていく意識のなか、雪華は確かに香蘭に抱きしめられていた。


雪華が目を覚ますと、まったく見知らぬ天井が見えた。

ぱちぱち、と何度も瞬《まばた》きを繰り返して確かめるが、幻ではない。寝心地も良く、小屋にある寝台よりもずっとやわらかく上等なものだとわかる。

「雪華様！　お気づきになられましたか！」

ゆるゆると起き上がると、ちょうどやってきた杏樹が安堵《あんど》の表情を浮かべている。どうやらここは春家の別邸らしい。

「わたし、どうしてここに……」

まだ頭がはっきりとしない。意識を失う前は何を……と記憶を遡《さかのぼ》る。

「昨夜、お役目を終えて気を失われたそうです。青雲様がここに運んでくださったんですよ」

「……そう」

お役目を終えて、ということは無事に冥王は浄化できたということだろうか。

気を失った雪華を運ぶにも、百花園ではゆっくり休めないと思われたのだろう。確かに小屋のなかで眠るよりはしっかり休めたが。

「ちょうど青雲様もいらっしゃっておりますよ。お呼びしましょうか？」

「いやいやいやわたし、夜着のままでしょう。着替えるから手伝ってちょうだい」

いくらなんでもこんな格好で青雲に会う気はない。百花園に寝泊まりしていたときはあくまで例外だ。

「では着替えを用意させましょう」

そう言って立ち上がった杏樹を呼び止める。

「花色の衣はある？　翡翠の帯は？」

「……雪華様、それは」

雪華の要望を聞いて杏樹はすぐに察したらしい。花色の衣に、翡翠の帯。それは花守と当主だけが纏《まと》うことを許された色だ。

「城へ行かないと。花守として」

ゆっくり休んでいるわけにはいかない。雪華は花守として、後始末をしなければ。

着替えた雪華が碧蓮城へ行くと告げると、応接間で待っていた青雲は眉《まゆ》を寄せた。

「休んでいてもいいと思いますけど……」

「そういうわけにはいきません」

休めと言う青雲は昨日の格好とほとんど変わっていない。きっと冬家に戻っていないし、下手すると一睡もしていないのだろう。

急ぎ馬車に乗り込んで碧蓮城へと向かう。

「街の被害はどうなりました？」

「蒼家の人たちが頑張ってくれたおかげでほとんどありませんよ。多少体調を崩した人はいるみたいですが、それもすぐに治るでしょうとのことです」

邪気に敏感な人は体調に影響が出たのだろう。だが冥王が浄化され邪気も普段の状態に戻っているはずだ。

「手をどうぞ」

「ありがとうございます」

当然のように差し出された青雲の手を借りて馬車を降りる。

碧蓮城にやって来た花守の姿に、誰もが目を奪われた。

花色の衣に翡翠の帯。それは春の青空と芽吹いたばかりの緑を連想させる色だった。風がときおりいたずらに揺らす金色の髪は陽の光を受けて燦然《さんぜん》と輝いている。長い睫毛《まつげ》がそっと影を作り、紅をさした唇はぞっとするほど艶《つや》やかだった。

珀凰の執務室まで視線を浴び続けながら、雪華は背筋を伸ばしてゆったりと優雅に歩を進めた。それだけでその場に美しい大輪の花があるのだと思わせる。

執務室に入るなり、珀凰が驚いた顔になる。他にも執務室にいた瑞月や文官たちは雪華を見て言葉を失っていた。

「今日は随分と愛らしい格好だけど、どうかした？」

「……昨夜は役目の最中、挨拶《あいさつ》もなく退出してしまいましたので」

珀凰からの問いの答えになっていないが、雪華はひとまず自分の用件を優先した。

気を失ってしまったとはいえ、役目を途中で放棄したようなものだ。結局後始末をあちこちに押し付けてしまったことになる。

「役目は果たしていた。気にすることじゃない」

花守としての雪華の言葉に、珀凰も帝《みかど》として答える。

役目は果たしていた。

……そうだとしても。

雪華は目を閉じ、息を吐くとその場に膝《ひざ》をついて頭《こうべ》を垂れた。

「冥王が城まで迫り、御身を危険に晒《さら》したこと、蒼燕雀の手引きによるものです。すべては春家当主、花守であるわたしの不行き届き。その処罰はどうぞわたしにお与えください」

本来、冥王の出現と同時にすぐ対処するべきだった。それが叶《かな》わなかったのは、雪華が燕雀に捕らわれていたから。

すべて雪華の油断と甘えが原因だ。ならば、罰は受けなくてはならない。

「……なるほど、覚悟の上でやって来たってことかな」

珀凰が苦笑する。まるで雪華の一分の隙もなく着飾った姿が死装束のようにも見えた。

「確かに、ああなったのは蒼燕雀が原因だろう。主《あるじ》たるおまえの責任であることは言われるまでもない」

厳しい声で珀凰は告げる。

そのことに雪華はどこか安堵していた。やはり珀凰は優れた帝だと信じることができる。私情を挟まず、冷徹になれる人だ。

「陛下……！」

しかし青雲は納得できない。すべてが雪華の責任だというのはあんまりだ。

その抗議の声を珀凰が手で制する。

「だが。おまえの指示によって蓬陽の被害も城の被害も最小限に抑えられた。冥王そのものを浄化したのもおまえだ。今回の一件、一番の功労者は誰だと問われれば誰もが春雪華の名をあげるだろう」

冥王の姿を目にした者は多くないが、城で起きた事件として記録には残る。そして、事態を知る者からすれば雪華の活躍なしには解決しなかったとわかることだ。

「よって蒼燕雀の件での君への処罰はなしだ。本人は罪人として刺青《いれずみ》を施し蓬陽から追放とする。……君への褒美はなくなるが、まぁいいだろう」

「……褒美をいただけるようなことだとは思っていませんでした」

顔を上げた雪華がきょとんとして呟《つぶや》く。

その顔を見て、珀凰は思わず噴き出した。帝の顔が消えてしまうほど朗らかな様子に青雲や瑞月は安堵する。

「国の危機を退けておいて褒美も要求しない気だった？　無欲にもほどがあるよ」

「すべて花守の務めですので」

来《きた》るべき時に備えて冥王花を育て、その時が来たら冥王に花を捧《ささ》げる。それは受け継がれてきた花守の役目のひとつだ。

「……雪華の目には冥王が先帝に見えたわけだ」

冥王についての話題になると、自然と何に見えたのかの話になる。

「陛下は何に見えたんですか？」

瑞月が珀凰に問いかけた。彼女はあの時、邪気の影響を受けないように執務室に隔離されていたので冥王を見ていないのだ。

「弱点を教えるようなものじゃないかな、それ。……雪華と同じだよ」

雪華は目を丸くして驚いた。珀凰の反応からして、何かしらの嫌いなものに見えているのだろうとは思ったのだが。

「こっちも意外だよ」

まさか同じものに見えたなんて、と珀凰は笑う。

「そうですか？　だって、あんな男がもしも……」

もしも、自分の父親だと言うなら。先へ続く言葉を呑《の》み込んで、雪華が唇を引き結ぶ。

その様子に、珀凰が目を丸くした。

「あれ？　もしかして雪華もあの噂を信じているの？」

「……え？」

まさか、という響きを含んだ珀凰の発言に、雪華は戸惑った。

あの噂というのは、おそらく雪華が先帝の子どもなのではという噂のことで間違いないだろう。

「雪華の父親は先帝じゃないと思うよ。確かめようがないけど、でもあの男がもし一度でも春香蘭に手を出していたなら、あんなに強引に後宮に入れようなんてしなかったはずだからね」

まるで自分のことであるかのように珀凰は言い切る。首を傾げる雪華に、珀凰はさらに付け加えた。

「……意外です」

「一度手に入れたものに執着する男じゃないよ。手に入らなかったから、どんな手をつかってでも手に入れようとしたんだ」

「……そういうものなんですか？」

傍にいる青雲を見上げて問う。男の人の考えることなんて、雪華にはさっぱりわからない。

「俺に聞かれても……」

しかし青雲も困った顔をするばかりだ。

「父親ね。確証はないけど心当たりはあるよ。……知りたい？」

珀凰が微笑みながら問いかけてくる。心当たりがあることに雪華は驚いた。だって香蘭は、周囲の人間の誰にも雪華の父のことは語らなかったのだ。

しかし皇帝である珀凰にはあらゆる情報が集まってくるし、ある程度予想はできるのかもしれない。けれど——

「いいえ、知る必要はありません」

雪華はゆったりと首を横に振ったあと、胸に手を当てて自分に言い聞かせるように宣言した。

「私は春香蘭の娘。今はもう、それだけで十分です」

母の娘であることさえしっかりと胸に刻んでいれば、父親のことなんてどうでもいい。今はそう思える。

「……それにしても、気合いを入れるためにその格好なの？」

珀凰がこてんと首を傾げた。そんなに意外だろうか。

「どこか変ですか？」

着ているものはいつもと変わらないが、杏樹と花梨が気合いを入れて化粧をしてくれた。髪には簪《かんざし》をいくつもさしている。

「いいや。でもどういう心境の変化かなと思って」

雪華が着飾ることを好まないのは、珀凰も知っている。碧蓮城まで一緒にやって来た青雲はずっと変な顔をしていた。

そうですね、と雪華は呟く。

「高嶺《たかね》に咲いてみようと、思いまして」

「……ふぅん？　でもそれは、番犬がいるときだけにしておきなさい。面倒なことになりたくないならね」

番犬？　と首を傾げる雪華の隣で、青雲がさらになんとも言えない顔をしていた。

「……まぁ、そうですね。もしもその姿で出かけるというなら必ず声をかけてください。絶対に、一人歩きなんてしないように」

こほんと咳払《せきばら》いをしたあとで青雲がそんなことを言い出すので雪華は面倒だなと目を逸《そ》らす。

「絶対に、一人歩きは駄目ですよ」

青雲から再度強めに言い聞かせられて思わず「はいはい」と頷《うなず》く。

「言われなくてもこの格好でふらふら一人で出歩きませんよ」

「その姿じゃなくても一人歩きは駄目ですよ」

「それは約束できません」

きっぱりと雪華が断ると、青雲はそのあとに続く言葉が予想できたのだろう。むぅ、と眉《まゆ》を寄せて困った顔をしている。その顔に雪華はくすりと笑った。

「守れない約束はしないって、言ったでしょう？」

終章

冥王の一件から半月ほどが経った。騒がしかった蓬陽の街もすっかり元の日常を取り戻している。

非番の今日、青雲はお土産の甘味を片手に百花園へとやって来た。秋も深まってきて、徐々に冬の気配を感じるようになった。百花園も少しだけ彩りが少なくなっているように見える。

「こんにちは」

「こんにちは……って、また来たんですか？　あなた、そんなに暇なわけでもないでしょうに」

青雲はもともとの職である珀凰の護衛官に戻っている。もちろん暇ではないが、少しだけ業務環境も改善されて目の下に隈《くま》を作るようなことはなくなった。

「休みの日でも少しは身体を動かさないと調子悪くなるので。手伝いますよ」

「もう終わるところです」

そう言いながら雪華が重い鉢を持とうとするので、青雲がさっと奪うようにして鉢を持ち上げる。

「何処へ運びます？」

「……温室へお願いします」

青雲がにっこりと有無を言わさぬ顔で問えば、雪華はたいてい折れてくれる。案外押しに弱いのだ。

「まだあの小屋で暮らしているんですか？　春家の別邸があるでしょう」

「小屋って言わないでください。小屋ですけど。別邸は従兄《いとこ》がいますし、あまり長居したくないんですよ。春家の邸《やしき》は、すぐに人が住めるような状態ではないし……」

燕雀は春家の邸の塀なども壊していたようで、すべての修理を終えるまで移り住めないらしい。そうでなくても長いこと誰も住んでいなかったため、調べてみると邸の中もあちこち傷んでいた。雪華が住めるようになるには時間がかかるだろう。

「あと雪華さんへの縁談が増えたとか？」

「誰から聞いたんですかそんな話」

ちょうど昨日聞いたばかりの話題をあげると、雪華は不機嫌そうに眉を寄せる。

「陛下と花梨さんから」

素直に答えると雪華は「まったくあの二人は……」と文句を言っている。珀凰はともかく、花梨はあとでこってり叱られそうだ。今度会った時にでも詫《わ》びの代わりに何か渡したほうがいいかもしれない。

「先日の一件で活躍しましたし、花守のことも見直されましたもんね。釣書がだいぶ溜《た》まっているとか」

釣書の話を聞いたときに珀凰は冗談交じりに「そろそろ本気で相手を決めてくれないかなぁ」などと言いながら青雲を見てきた。保護者のいない雪華の結婚相手について一番気にかけているのは珀凰かもしれない。

温室の扉を開けながら雪華は「ふん」と鼻で笑う。

「どうせ花守としてわたしを評価した人が寄越《よこ》したものではないでしょうよ」

雪華は以前より華やかになった。碧蓮城にやって来る頻度も少しだけ多くなったし、見目麗しい雪華に惹《ひ》かれる男も少なくないだろう。彼女の魅力は外見だけではないのに。

「……あなたのほうはどうなんです？」

「俺ですか？　家族からは褒められましたし、鬱陶《うっとう》しい従兄弟《いとこ》連中は大人しくなりましたし、灰混じりだのどうのと言っていた連中はあからさまに媚《こ》びを売ってきていますね」

青雲が冥王と戦う姿を見ていた人間は少ないが、あの場面で最も皇帝のそばにいた、そしてその戦いぶりを皇帝自ら褒めていたなど、いろいろあって青雲の評価もそれなりに上がっている。目立ちたいわけではないので珀凰にはほどほどにしてくれと頼んでいるが。

「周りが静かになったせいか以前より楽になった気はしますね」

清々しますと青雲が笑うと、雪華が首を傾げながら見上げてくる。

「なかなか言いますね……あなたそんな性格でしたっけ？」

「中途半端な俺だからこそ、やれることもあるかなと思えるようになったんですよ」

あなたのおかげで、とまでは口にしない。言ったところできっと雪華は否定するだろう。

持ってきた鉢を温室のなかにそっと置いた。ここは晩秋でも花が咲いている。季節を忘れてしまったかのような空間だ。

「そういえば、香り袋まだ渡していませんでしたね」

鉢植えを置いて温室を出ると雪華が思い出したように呟《つぶや》いた。

「香り袋？　拾ったあれが俺にくれようとしていたものじゃないんですか？」

雪華が燕雀に閉じ込められたときに目印に使ったものだ。青雲が首を傾げると雪華は「そうですけど」と苦笑する。

「あれは破っちゃったでしょう。ちゃんと作り直しますよ」

実は破れた香り袋もしっかり青雲が持っているのだが――雪華が作り直してくれるというのなら、素直に甘えようと思う。

「……約束ですか？」

「ええ、約束です」

青雲と雪華は目を合わせると思わず笑い合う。雪華は約束を破らない。何故なら守れない約束はしないから。それを知っているので、青雲はあえて約束と口にした。

「それで……雪華さんは縁談とかどうするんです？」

青雲が話題を掘り返すと雪華が呆《あき》れた顔になった。

「縁談って。そんなことしている暇ないですよ。わたし、これでも忙しいですし」

「忙しい？　冬は落ち着くって聞きましたけど……」

花梨は冬になれば少しは楽になる、と言っていた。花の世話がまったくなくなるわけではないが、それでも咲く花は減るし春夏に比べれば暇ができると。それに雪華は百花園に入ることのできる人間を増やすとも言っていた。働き手が増えるなら、雪華には少し余裕ができるはずではないのか。

「春に向けての準備もありますから、そんなにゆっくりはできませんよ。やりたいこともありますし」

そう言って雪華は百花園を歩く。百花園の南、蓮池《はすいけ》の近くだ。

雪華が向かう先に大きな樹があった。赤く色づいた葉はだいぶ落ちてしまっている。

だが青雲にもその樹がなんなのかすぐにわかった。

「母さんが咲かせたかったっていうこの花を――わたしの名前の由来だっていうこの花を、咲かせてみたくて」

紫褐色の幹に触れ、雪華は決意を口にする。

花守の務めとは関係のないところで、雪華はやりたいことを見つけたのだ。

「……それは素敵ですね」

「そうでしょう？」

振り返る雪華の金の髪が光を受けてきらきらと輝く。無邪気に笑うその姿は、咲いたばかりの花のように愛らしかった。

そんな雪華の姿に、青雲は目を細める。

「……まるで春みたいだ」

あたたかく、やわらかく、そして華やかに。春が人の姿をしているのなら、きっと雪華のような見た目をしているのだろう。

「何か言いましたか？」

「いいえ、何も」

青雲の小さな呟きは雪華の耳には届かなかったらしい。それでいい、と思った。この景色は、この思いは――今この瞬間、青雲の胸の奥に大事にしまっておこう。

そうして春が来たらきっと彼女に話そう。

色とりどりの花が咲き乱れるこの場所で、あなたはどんな花より春めかしい、と。

青天の広がる秋の終わり、百花園は変わらず美しい花が咲いている。

本書は二〇二三年から二〇二四年にカクヨムで実施された第9回カクヨムWeb小説コンテストプロ作家部門特別賞を受賞した「花守幽鬼伝」を改稿し、改題の上、文庫化したものです。

この物語はフィクションであり、実在の人物・地名・団体等とは一切関係ありません。

金《きん》の華《はな》、冥《めい》夜《や》を祓《はら》う

花守幽鬼伝《はなもりゆうきでん》

青柳《あおやぎ》 朔《はじめ》

令和７年 ４月25日　初版発行

発行者●山下直久

発行●株式会社KADOKAWA
〒102-8177　東京都千代田区富士見2-13-3
電話　0570-002-301（ナビダイヤル）

角川文庫 24621

印刷所●株式会社暁印刷
製本所●本間製本株式会社

表紙画●和田三造

ISBN 978-4-04-116041-1　C0193

◇◇◇

角川文庫発刊に際して

角　川　源　義

第二次世界大戦の敗北は、軍事力の敗北であった以上に、私たちの若い文化力の敗退であった。私たちの文化が戦争に対して如何に無力であり、単なるあだ花に過ぎなかったかを、私たちは身を以て体験し痛感した。西洋近代文化の摂取にとって、明治以後八十年の歳月は決して短かすぎたとは言えない。にもかかわらず、近代文化の伝統を確立し、自由な批判と柔軟な良識に富む文化層として自らを形成することに私たちは失敗して来た。そしてこれは、各層への文化の普及滲透を任務とする出版人の責任でもあった。

一九四五年以来、私たちは再び振出しに戻り、第一歩から踏み出すことを余儀なくされた。これは大きな不幸ではあるが、反面、これまでの混沌・未熟・歪曲の中にあった我が国の文化に秩序と確たる基礎を齎らすためには絶好の機会でもある。角川書店は、このような祖国の文化的危機にあたり、微力をも顧みず再建の礎石たるべき抱負と決意とをもって出発したが、ここに創立以来の念願を果すべく角川文庫を発刊する。これまで刊行されたあらゆる全集叢書文庫類の長所と短所とを検討し、古今東西の不朽の典籍を、良心的編集のもとに、廉価に、そして書架にふさわしい美本として、多くのひとびとに提供しようとする。しかし私たちは徒らに百科全書的な知識のジレッタントを作ることを目的とせず、あくまで祖国の文化に秩序と再建への道を示し、この文庫を角川書店の栄ある事業として、今後永久に継続発展せしめ、学芸と教養との殿堂として大成せんことを期したい。多くの読書子の愛情ある忠言と支持とによって、この希望と抱負とを完遂せしめられんことを願う。

一九四九年五月三日